集英社文庫

不安の力

五木寛之

不安の力——目次

ページ制作：アイ・デプト.

プロローグ　ぼくはこんなふうに不安を生きてきた

不安は恐ろしいものではない

不安。

いま、ぼくらは、なんともいえない不安の中に生きている。

不安。その言葉には、どこか重苦しいイメージがある。色でいえば、まっ黒ではない。形でいえば直線的ではない。手ざわりでいえば、固くもなく、熱くもない。

くすんだようなグレイの色。一定の形もなく、深い霧のようにおぼろげで、じんわりと肌にまとわりついてくる感じがある。

不安の姿をはっきりと見さだめた人はいません。「なんとなく」、そして「言い表しようのない」、そんな不気味で曖昧《あいまい》な感覚が不安にはあります。

不安の反対語をあえてあげるとすれば、「安心」ということになるのでしょうか。

誰しも不安からは逃《のが》れたいと思う。できれば不安など感じないで生きていきたいと願う。安心な暮らしをのぞみ、明日を信じて、おだやかな日々を送りたいと考える。

　それは当然です。

　不安、という言葉は、不安定という表現を連想させます。バランスのとれていない、いまにも倒れそうな心のおびえ。

　重くのしかかってきて、気持ちを暗くするだけではなく、体の状態までおかしくさせる不安。

　心配、というのとはどこかちがいます。といって、恐怖でもない。不安はもっとべったりとしたビニール質のねばっこさを感じさせます。

　ぼくはものごころついて以来、ずっと不安を感じながら生きてきました。少年時代からそうです。そしていまも、つねに不安につきまとわれながら生きています。ときには不安で眠れない夜が続くこともあります。

　以前、ぼくは精神安定剤というものをためしてみたことがありました。精神を安定させ、不安を取りのぞいてくれるのなら、ありがたい薬だと思ったからです。

　しかし、実際には、ぼくの不安感はすこしも軽くはなりませんでした。

そのことを知人の医師に話すと、

「それは量が少なすぎたせいか、弱い薬を飲んだかのどちらかでしょう。もっと強いやつをしっかり飲むと、恐ろしいほど効くものなんですよ」

と、言われました。たしかにそうだったのかもしれません。ぼくは薬品に関しては、必要以上に臆病《おくびょう》なたちです。警戒心が強すぎるきらいがあるのを、自分でも感じています。

しかし、薬によって解消するような不安とは、はたして本当の不安なのだろうか、と考えてしまうのです。

それと同時に、不安とは悪いものであって、それを取りのぞくことが必要である、という立場に、どうも納得できないところがあるのです。

安心がよくて、不安はわるい。

安定が大事で、不安定はよくない。

こんなふうに物ごとを黒か白かに分けてしまう考えかたを、ぼくはまったく受け入れることができません。

絶望と希望。

健康と病気。

成功と失敗。

信頼と不信。

そして、不安と安心。

誰が考えても、病気より健康がいいにきまっています。絶望よりも希望につつまれていたいのは当然です。

しかし、ぼくが考えようとしているのは、どちらがよくて、どちらが悪い、という問題ではないのです。よしあしは別として、そのどちらかが欠けても、もう片方があるはずがない、ということを考えてみたいのです。

ああ、よかった、と、ほっと胸をなでおろして安心する。心がやわらぐ。世界がいきいきと見えてくる。しかし、そのためには、まず強い不安の存在が前提となります。不安があればこそ、そこから解放されたときの喜びとやすらぎがあるのです。

「地獄で仏《ほとけ》に会ったような」

と、いう言いかたがあります。まわりじゅうから小突きまわされ、鬼のような連中に痛めつけられて悲鳴をあげているとき、思いがけぬ救いの手がさしのべられた様子をいう表現です。

しかし、もし世の中の人すべてが仏のような優しい善人ばかりだとしたなら、こういう言いかたもなりたたないでしょう。闇が濃ければ濃いほど、光がつよく感じられる。夜があるからこそ夜明けがある。悪があって、はじめて、善に出会ったときの感動もある。

いいとか、わるいとかではない。そのふたつの世界が一体となって人間を生かしている。世の中をなりたたせている、と、そう考えるのです。

「失敗は成功の母」

と、いうのなら、

「不安は安心の母」

という表現もあるのではないか。人はアンバランスな状態のなかで、必死でバランスをとろうとする。生きる、とはそういうことではないのか。

前に述べたとおり、ぼくは少年のころから絶えず不安を抱いて暮らしてきました。七十歳に達したいまも、常に不安にかられながら生きています。

しかし、現在のぼくにとって、不安は決して恐ろしいものではありません。いやなものでもなければ、なんとかそこから逃れたいと願う苦しみでもない。

いつのころからか、強い、はっきりしない不安を抱きながらも、そのことを嫌い、敵視する気持ちがまったくなくなってきたのです。不安はあるが苦しくはない、そんな感じなのです。

心のバランスが崩れているな、と、ふと感じる。

そしてなんとかそのアンバランスをたて直そうと試みる。そこにおのずと動きが生まれてきます。生きるということは、結局、命が動いている、ということだと、最近つくづく感じるようになりました。

不安が生じ、その不安が自然に自分に働きかけてくる。不安は静止した状態ではない。いやでも前のめりになったり、身を引きはなそうとする。そこに生命の動きがおのずと現れてくる。

不安とは、電車を動かすモーターに流れる電力のようなものだと、いつからかそう思うようになってきたのです。

不安は生命の母だと感じる。それは、いいとか、わるいとか、取りのぞきたいというようなものではない。不安は、いつもそこにあるのです。人は不安とともに生まれ、不安を友として生きていく。不安を追いだすことはできない。不安は決してなくならない。

しかし、不安を敵とみなすか、それをあるがままに友として受け入れるかには、大きなちがいがあるはずです。

自分の顔に眉があり、鼻があり、口があるように、人には不安というものがある。不安を排除しようと思えば思うほど、不安は大きくなってくるはずです。

不安のない人生などというものはありません。人は一生、不安とともに生きていくのです。

そのことに納得がいくようになってきてから、ぼくはずいぶん生きかたが変わったような気がしています。

最近では、眠れないのが悩みの種です。いつも朝の六時、七時、もっとひどいときには九時ちかくなって眠りにつきます。しかし、そのことを不安に思うことはあっても、苦しむことはありません。不安を抱《いだ》きながらも、その不安におびえたり、じたばたすることもありません。

ひと晩やふた晩、眠れなかったということが、いったいどれほどのことであるのか。ぼくらは、いま、この瞬間、じつはもっと大きな、もっと恐ろしい危険に身をさらしているではないか。

大地震はまちがいなく来るだろうと言われています。核施設の事故もありうることです。交通事故もある。ガンやその他の病気におかされる確率も少なくない。犯罪も多い。そんななかで、よくなんとか生きてきたものだと思う。

不安というものは、漠然としたものです。将来が不安という。そういう人は、とりあえずいま何とか安定した暮らしが成りたっている人でしょう。今夜どこに寝るか、はたして夕飯にありつけるのか。そうした目の前の困難と闘って生きている限り、不安は問題ではありません。

不安は、まず人間らしく生きようと思うこころの余裕から生まれてくる質の高い感覚だと思うのです。

不安を抱くことは、人間らしく生きていることだ。まず、そこから出発することを前提として、不安についていろいろ考えてみたいのです。

少年時代の夢と不安

ぼく自身がこれまでに感じてきた不安の数かずをふり返ってみますと、最初は少年時代の不安が思いうかびます。ぼくが十二、三歳のころというのは戦争の時代です。当時は、とにかく戦争へ行くということが子どもたち、つまり「少国民《しょうこくみん》」の使命だ、と思われていました。

そして、ぼくも含めて飛行機のパイロットになりたいと憧れる少年がたくさんいました。もっとも早く戦争に行くには、少年飛行兵になるという道がありました。少年飛行兵になること、そして、できれば戦闘機の操縦士になること。それが、小学生のころのぼくの夢でした。

その少年時代になにがいちばん不安だったのか。

戦局が悪化していくにしたがって、やっと練習機を卒業したばかりという若い人たちが、機体に爆弾をつんで、「特攻隊」（特別攻撃隊）として次々に出撃するようになりました。いまでいう自爆攻撃です。つまり、少年飛行兵に応募して飛行機乗りになるということは、すなわち「特攻」に参加する、ということだと感じられていたのです。

友だちと飛行機のことを話していても、いずれは自分たちもその特攻機の操縦席に身をおいて、積乱雲のかなたに散華《さんげ》するだろう、と信じていたことはまちがいありません。そこには、単なる飛行機のメカニズムへの関心だけでなく、自分と民族の生死に結びついた重い不安があった、と思われるのです。

一九四四年十月、海軍の神風特攻隊がはじめて敵艦船に対して体当たり攻撃を行っています。陸軍のほうでもその翌月から特攻隊を出している。その陸軍の特攻隊員の半数くらいは、少年飛行兵上がりだったそうです。まだ十八〜二十歳くらいの若者たちが、祖国に一命を捧げよう、という悲壮な覚悟で次々に出撃していきました。そして、ほとんどそれが彼らの最後の飛行になりました。

そうした状況のなかで、ぼくはひそかに誰にも言えない不安を抱《いだ》いていました。自分が特攻機で飛びたったとして、はたして操縦桿《そうじゅうかん》をぐっと押して敵艦めがけて突っこむことができるだろうか。ターゲットである敵の航空母艦の甲板に爆弾とともに激突できるだろうか。

ひょっとして、途中で無意識に操縦桿を右や左にひねって、突入する前によけたりしないだろうか。

出撃直前になって、怖くなって逃亡したりはしないだろうか。本当に自分は特攻隊員としてちゃんと死ねるのだろうか。

いまの若い人たちには嘘のように思われるかもしれませんが、そのことが、少年時代のぼくにとっていちばん大きな不安でした。

自分が卑怯な人間で、その場になったら命が惜しくなって逃げはしないだろうか、という不安。自分は本当に国のために死ねるのか、という不安。自分ははたして立派に死ねるのだろうか、と非常に自信がなく、こころもとなかったのです。

皇道《こうどう》哲学というものに凝っていた父親の影響もあったでしょう。また、幼いころから山中峯太郎《みねたろう》の軍事小説で育ってきたせいもあったでしょう。とにかく、少年時代のぼくは、二十歳前に敵艦に体当たりして死ぬ自分を、日常的に想像しながら不安にかこまれて暮らしていたのです。

現実には、ぼくが朝鮮半島の平壌《ピョンヤン》にいた満十二歳のときに戦争が終わりました。もう特攻隊のことも考えなくていいことになり、ぼくの飛行機への夢も、それとともにはかなくも消え去ったのでした。

引き揚げ後から青春期における不安

やがて一九四五年の夏、敗戦を旧植民地で迎えるという、異常な生活がはじまります。そこには、いつ日本へ引き揚げられるのだろう、という大きな不安が生まれてきました。平壌《ピョンヤン》に残っていたぼくら日本人は、あっという間に進軍してきたソ連兵に、住居も財産もすべて没収されていたのです。

事態は急変し、さまざまな出来事がおこりました。収容所というと大げさですが、難民キャンプのような場所に連れていかれ、ぼくらはそこで集団生活を送るようになりました。

ここで抑留されたまま、難民で終わってしまうのではないか、という漠然とした不安。

シベリアの収容所へ送りこまれるのではないか、という現実的な不安。

そうしたさまざまな不安のなかで、平壌《ピョンヤン》から脱出して、なんとか日本へ帰国を試みることになります。そして一家で命からがら徒歩で、米・ソの境界線である三十八度線を越えたのでした。すでに敗戦からかなりの時間がたっていました。

仁川《インチョン》からようやく米軍のリバティ船という輸送船に乗ることができたのは、しばらく難民キャンプのテントで生活したのちです。米軍の軍用輸送船にのせられ、玄界灘を越えて、ようやく博多湾にたどり着く寸前になると、また別の不安を抱くことになりました。

ぼくの引き揚げ先は、よく知らない両親のふるさとです。いわば自分にとっては異国にもひとしい日本で、これから先はたしてうまくやっていけるのだろうか、という不安。

この不安はものすごく大きなものでした。引き揚げてきても、その土地の方言を使えない。住む家もない。小市民的な中農地帯で暮らしていて、土地所有者でないという現実。そこでは、引揚者だということで差別されたり、いじめられたりするかもしれない。

こうして祖国に引き揚げて、両親の郷里で何年か暮らします。十代のぼくはその土地で、いつも見知らぬ土地への逃亡と脱出を夢見ていました。ぼくにとって、自分の原体験ともいえるぎりぎりの生きかたは、この敗戦と引き揚げ、そして帰国後の数年間に凝縮された時期にあります。自分の精神の形成期に通過したそれらの日々が、現在のぼくをつくり、歪《ゆが》め、支配しているようにも思えてならないのです。

そのころは、不安ということよりも、生活するうえでの困難のほうがずっと多かったというしかありません。そんなふうに困難が山積みになっているときは、あまり不安などは意識しないのがおもしろいところです。

当時、ぼくは中学に通いながら、すでにいろいろなアルバイトをやっていました。地元の玉子を買いつけて村から町へ卸《おろ》しに行ったり、自転車に何俵もの炭俵を積んで運んで行き、帰りはラムネの箱を載せて戻ってきたりもしました。八女茶《やめちゃ》の行商で北九州や筑豊を回ったこともあります。

やがて、上京して大学のロシア文学科にはいり、大都会の片隅で生活と直面するようになります。そのころは希望なき時代です。とにかく明るい未来の社会をきずくため、という感じでやっていくしかない。上京してしばらくは、お金がないため、住む部屋さえなかったのですが、なぜか不安などはありませんでした。

その理由を考えてみますと、引き揚げ前の平壌《ピョンヤン》の難民キャンプでの生活は、誰もが折り重なって暮らしている、という感じだったからです。その極限状態を体験しているので、ホームレスみたいに暮らしていても平気でした。下宿先が決まるまでしばらくのあいだ、住む場所のないぼくは、神社の軒下などに寝ていたものです。

これから先、食べていけるだろうかとか、生活していけるだろうか、というような不安はありませんでした。明日なにがあるかはわからない。でも、自分には未来があるのだ、と思っていました。

　無名で、若く、貧しかった時代。ぼくは二畳半の部屋に住み、冬は新聞紙を山ほどかぶってそのなかにもぐりこんで寝ていました。足元が冷えるので、長靴をはいたまま寝たりもした。三度の食事を抜いて、そのあげくに血液を売ってわずかなお金を得る、という日々。

　そんな時代のぼくの不安は、いつか自分がこの世界からはみ出すかもしれない、という不安でした。金がないということで、自分を動物以下の存在にしてしまいそうになり、犯罪をおかすシーンを毎晩のように夢に見ました。実際に万引きをしたこともあります。自分が人を殺すことがあるかもしれない、と実感として感じて心が震えました。よくもきわどいところで踏みとどまったと思います。罪をおかすギリギリの線をふらふらと歩いていたのです。真剣に自殺を考えたのもそのころのことです。

　しかし、その後、ついに学費が払えなくなって大学を追われることになりました。

しばらく貧しいフリーター生活を続けたのち、ぼくは小さな広告代理店にもぐりこみ、あわただしい生活を送るようになります。

やがて、不思議な縁で、ＣＭソングをつくったり、テレビの構成作家としての仕事がはじまりました。それはすごく愉快で活気にみちた生活でした。上昇期のマスコミの底辺を走りまわることが、二十代のぼくにはおもしろくてしかたがなかったのです。

毎日、毎日、消費的な仕事が舞いこんできます。テレビ番組を構成したり、雑誌のコラムやルポルタージュを書く。ステージの演出をやったり、ＣＭソングを書いたり、いろいろ忙しい日々がつづきます。大阪のフェスティバルホールで、何本かミュージカルを上演したり、レコード会社と専属の作詞家として契約もしました。けれども、そろそろ三十代が近づいてきました。そのうちに、こんなことをして日が過ぎていってていいのだろうか、と不安を感じはじめたのでした。

一九六五年、ぼくは思いきって仕事を一度リタイアすることにしました。当時のソ連、いまのロシアや北欧への当てのない旅へ出かけて、帰国してからは北陸の金沢へ引っ込んだのです。そのときは、ともかくやりたいことをコツコツとしばらくやればいい、と思っていました。別に、世に認められようという気持ちもなかったので、金に困ったら古本屋でもやろうとか、小さなカウンターのジャズ喫茶のような店をやろうとか、そんな呑気《のんき》なことを考えていました。そこで、何年ぶりかでひとつの小説を書きはじめたのです。それについての不安はありませんでした。

そのころのぼくは、十年くらい経って少しお金がたまったら、学生のころから書いていた短篇小説を、一冊にまとめて自費出版しよう、と漠然と思っていました。それを、親しい友人や仲間に配れたらいいな、と考えるくらいで、そこに将来への不安はあまりなかったのです。

結局、そのときに書いた小説が新人賞をもらって、新人作家としてふたたび仕事を始めたのが一九六七年です。それからが大変といえば大変でした。再度、消費的なマスコミの生活に戻るわけですから。

そのころは、基本的に、ぼくはジャーナリズムの中心部には近づかないつもりでいました。直木賞をもらった後も、しばらくはずっと金沢に住んでいたのです。東京とのあいだを往復しながら暮らしていたのですが、地方都市に住んでいて賞をもらったりすると、いやでも変に有名になってしまう。やがて付きあいなど世俗的な仕事が山のように押しかけてくるようになりました。一日税務署長とか、そういうことにも引っぱり出される。

これではとてもやっていけないと思い、あきらめて金沢を出て、横浜に移ってきたわけです。それからは、横浜を〈前進キャンプ〉のようにして、今日まであちこちを走りまわって暮らしてきました。不安というよりは、さまざまな仕事で酷使されるなかで、なるようになるさ、という意識でやっていたように思います。

小説家としての不安と休筆

執筆を始めてから七年くらい経って四十歳になったとき、こういう生活がつづいていていいのだろうか、と思う気持ちが強くなった。創作のモチーフというかエネルギーの動機がなくなってきたような気がしたのです。

それで、思い切って仕事を三年間休みました。京都の聖護院《しょうごいん》というところに住んで、次の小説の構想を練ったりしたのです。

作家の先輩や編集者たちからは、「新人が三年も休んで戻って来ようなんて、ジャーナリズムの世界はそんなに甘くないぞ。戻ってきたらイスはなくなっているからな」と忠告されました。たしかにぼくは勝手に戦線離脱してしまったわけです。もう後は知らない、という感じでした。

しかし、ぼくは引揚者です。一定の場所に定住しない、というのが基本スタイルです。つねに自分は漂泊者だという意識がある。文芸ジャーナリズムの世界に何年もいて、少しずつ自分の地位をきずいていく、というようなことはしたくなかったのです。

もし何年かのちに、ジャーナリズムに戻ってきたときに作家の仕事ができなくなったら、それはそれでいい。本当に古本屋でもやればいい、と思っていました。ですから、仕事を休むことに関する不安というのは、まったくありませんでした。

ちょうどその休筆中に、チリでピノチェトの軍事クーデターが起こって、アジェンデ政権が崩壊します。いまの若い人たちは知らないと思いますが、当時は非常にショッキングな事件でした。それで、これをテーマに小説を書こうと思って、チリまで取材に行きました。

戻ってきて構想を練って書いたのが『戒厳令の夜』という小説です。これが実質的な執筆再開のきっかけになりました。

それからまた七年間夢中で仕事をやって、五十歳のころに二度めの休筆をすることになります。ふたたび、自分はこれでいいのだろうか、という気持ちになったことや、突然、弟が亡くなったり、いろいろな出来事が重なったためです。

このままでは倒れるのではないか、という不安も感じました。のちに火災で焼けてしまった、かつてのホテル・ニュージャパンで夜中に仕事をしているとき、突然胸が苦しくなったことがありました。心筋梗塞のような状態で、そのままひっくりかえってエビのように体を曲げたまま動けない。ああ、これで終わりかな、と思った記憶があります。

当時は、内面的な不安よりも、むしろそういう身体的な不安というものを感じていました。こんなふうにしていると、そのうちにすり切れて死んでしまうのではないか、という不安のほうが強かったのです。二度目の自殺を考えたりしたのも、この時期でした。

この二度めの休筆のとき、ぼくは京都の龍谷《りゅうこく》大学の聴講生になりました。仏教史を学び、幸運にも蓮如《れんにょ》や親鸞《しんらん》といった人びととの出会いというものがありました。そのため、精神的に不安な状態というものはあまり感じなかったように思います。そして、『風の王国』を書いて再度、マスコミの世界へ戻ってきたのです。

これまでにもあちこちで書いていますが、ぼくは身勝手な〈他力〉主義者です。自分の能力で書いているのではない、声なき人の声を自分がかたちにしているのだ、と本気でそう思っています。いわば、書き手は巫女《みこ》のような役割だと考えているのです。そのため、書けなくなるという不安は、そのときも意外にありませんでした。

作家はよく「いつ書けなくなるかもしれない」という不安を抱くようです。けれども、ぼくは書くことがないときは、世間や読者から「いまは書かなくてもいいんだよ」と言われている時期ではないかと思うようにしています。「べつに読みたいと思っていないんだよ」ということだと考える。二度の休筆期間も、時代が自分を求めていないことが感じられたから休んだのではないか、という気持ちでいました。むかし、石川達三さんという作家が、『流れゆく日々』というタイトルのエッセイを「新潮」に連載されていて、愛読したことがあります。

そのタイトルは、周りは流れてゆく、時代も流れてゆく、流行や風俗も流れてゆく、しかし自分は巌《いわお》のように絶対に動かないぞ、という意思表示だったのだと思います。ぼくから見ると、石川さんというのは、そういうどしんとしたところのある立派な作家でした。

しかし、ぼく自身はそうではなく、逆に転がる石でいようと思っていた。ですから「流れゆく日々」ではなく、周りが流れるのだったら、自分も塵芥《ちりあくた》といっしょに流れてゆく。時代が流れてくだっていくのだったら、自分も共に流れてゆこう、という感じでした。そこで新しい連載の仕事をはじめるに当たって、『流されゆく日々』という題名をつけたのです。ですから、ぼくの本のタイトルは、『風に吹かれて』というようにいつも受け身の姿勢がなぜか多いのです。「書きなさい」という声なき声が聞こえて、見えない力に書かされているあいだは書く。「書かなくてもいいよ」とか「もう必要がないよ」と言われれば、書かなくていい。

それに、どんなにひどい状況になっても、引き揚げや敗戦のときの状況よりひどいということはありえない。あのときのことを思えば、生活にも将来にも不安などはありません。あるとすれば、肉体的な不安だけです。

その肉体的な不安に関しても、不安を感じるときはできるだけ不安を感じるままにしよう、とつとめてきました。

ぼくは若いころからずっと偏頭痛で悩んでいました。気圧が下がるとかならず偏頭痛になるのです。しかも、ひどいときは三日三晩物が食べられないようになる。吐《は》くに吐けず、トイレの便器を抱えたまま何十時間もじっと床に倒れている、というような最悪の状態のときもありました。

けれども、この頭痛もじつは体が自分に対してメッセージを送っているのだ、と受け取るように変わってきました。いまのあんたのこの状態はだめだよ、と体がぼくに声なき声で伝えているような気がするのです。不安も、同じようになにかのメッセージだとありがたく受け取る、そんなふうでありたいと思っています。

無数の不安にとり囲まれながら

ぼくはいま、毎日、山ほどたくさんの不安にとり囲まれて暮らしています。

まず第一は、健康に関する不安。

その次は時代の流れに対する不安。

それから、自分の薄汚れた部分や卑しさなどをとりつくろって、見せかけの仮面をかぶって世間を渡っていることへの不安。

最近、にわかに人の名前や、固有名詞がすぐに出てこなくなりました。物忘れもひどくなったような気がします。

道を渡っていて、つまずくことがよくあります。階段を急いで降りながら、よろけたりもする。老化、という現象を、いやでも意識しないわけにはいきません。認知症（痴呆《ちほう》）になったらどうしよう、と不安になる。自分で死を選ぶことを考えるためには、意識がはっきりしていなくては、とうてい無理でしょう。

視力も次第に落ちてきました。活字を読みつづけると、頭痛がしてくることもあります。

自分のまわりに、いろんな病気にかかった友人や仲間がいると、いつ自分がそうなるのかと不安です。

ぼくは最近、週に半分以上は旅の暮らしです。車に乗ったり、電車や飛行機で年じゅう動き回っています。事故寸前の危険な目にあって、冷や汗を流すようなこともしばしばです。

文章を書く力が落ちてくる、という不安もあります。そのほか、日々、不安に思っていることを数えあげていけば、きりがありません。まるで黒い林のように不安が自分のまわりをとり囲んでいるような感じです。

それにもかかわらず、この十年ほど、ぼくは自分でも呆《あき》れるぐらいにたくさんの仕事をしてきました。

「ローソクの焔《ほのお》が消える前の、最後のゆらめきなんじゃないんですか」

などと若い編集者にからかわれたりすることもあります。

どうしてこれほどの不安に囲まれながら、その不安の山に押しつぶされずに生きてこられたのだろうか、と、自分で不思議に思うことも少なくありません。

いきなり結論から言ってしまえば、ぼくはいつも不安を感じていればこそ、こうして生きていることができるのだと思います。

明日のことはわからない。一寸先は闇。たしかにそのことは不安です。しかし、だからこそ、いま、この一日を濃く生きなければ、と感じる。

朝、目をさまして、ほっとします。ああ、眠ったまま意識を失ったりせずに良かった、と、ため息をつく。そしてとりあえずきょう一日を、できるだけしっかり生きようと思う。自分に明日はないかもしれない、と不安に感じればこそです。

自分にできることは、いまやろう、と考える。できるうちに。

そんなふうにして一日が過ぎ、一週間がたち、一年、そして、十年が流れていく。

自分に明日はこないかもしれない、と思う。この国に未来はないのではないかと考える。それを実感として感じることが強ければ強いほど、いま、この瞬間を大事にしようという気になってきます。

ぼくはものごころついたときから、不安を抱えて生きてきました。少年時代もそうでした。そしていま現在もそうです。よく考えてみますと、それらの不安をエネルギーにして生きてきたような気さえしてきます。

「不安は力なり」

そう言っても決してオーバーだとは感じません。不安がなければ、こんなふうに毎日を生きてはいられないのではないか。

頭から不安を追いはらおうなどと考えずに、不安を生きる力とする道をさがしてみたい、これがぼくのいまの願いなのです。

1

いま、だれもが抱える不安

心療内科に通う女性たち

このごろ、心療内科に行ったという話を若い女性からしばしば聞くようになりました。

それは、編集者であったり、学校の先生であったり、テレビのアシスタント・ディレクターであったり、ブティックの店員さんであったり、いろいろな人たちです。

むかしは「心療内科」という言葉が、これほどひんぱんに使われることはありませんでした。その代わりに「精神科」とか「精神神経科」がありましたが、これらは患者の側でもあまり自慢げに気軽に口にできる言葉ではなかったように思います。

それに対して、いま心療内科に行く人たちは、そのことを声をひそめて言うことはありません。まるでエステティックサロンに行ったかのように、「昨日治療を受けたおかげで、今日はずいぶん楽です」と、ごくふつうの口調で話すのです。それがきっかけで、いったい心療内科というのはなんだろう、とにわかに関心をもち始めました。

聞くと、大きな病院にはほとんど心療内科があるそうです。しかも、知人の話によれば、「意外に若い女医さんが多い」とのこと。それも容姿端麗で、やさしくて、人間的にも魅力があり、きちんと患者の話を聞いてくれるらしい。――まあ、彼はたまたま運がよかっただけかもしれませんが。

もしかすると、一方的に患者のほうがしゃべっているのかもしれないのです。医者のほうでは、それをうなずきながら聞いているだけなんじゃないか、という気もします。

ただ、その話のなかで印象的だったのは、患者に対して医師がどんな指示のしかたをするか、ということでした。「そんなにがんばらなくてもいいんですよ」とか、「そういうことに気がつくのはすごいですね」とか、なかなか上手にほめてくれるらしいのです。そして、もちろん精神安定剤などの処方はするけれども、「あまり薬に頼らないほうがいいですよ」というアドバイスもあるらしい。

それを聞いてちょっとびっくりしました。『こころ・と・からだ』でも提案しているように、ぼくはずいぶん前からそれと同じことを言い続けてきたからです。

いまは、若い優秀な医師たちが心療内科の現場にたくさんいて、患者にきちんと向きあっている。薬に頼らないように、とも言っている。これはやはり、時代の移り変わりというものを感じないわけにはいきません。

医師にもいろいろな専門分野があって、かつては心臓外科が花形だった時代がありました。脳外科がエリートコースだったこともあります。最近では、免疫《めんえき》とか公衆衛生のように、どちらかというと、これまであまり日が当たらなかった分野が注目を集めたりもしています。

そのなかで、こうした心療内科というような〈こころの病気〉の分野に優秀な医師が集まるというのも、時代の動きに沿った変化に違いありません。それだけ患者の数も増えているのでしょう。

ぼくが聞いた限りでは、心療内科に行くというのは、その人が他人に言えない内面の話を聞いてもらいたくて通っているようにも考えられます。医者の応対が人間的であればあるほど、どうしても話が長くなるため、一人ひとりの患者の診察に時間がかかる。その結果、予約してもいっぱいで、人気レストランのように、何週間も先の順番待ちをしている患者もいるという。

とにかく、それくらい心療内科に患者が殺到しているというのは意外でした。おもしろいことに、心療内科に行ったら、会社の同僚に偶然出会ったという人もいました。そんなときでも、「あなたも来ているの?」「いや、私はかなり前から来ているのよ」という調子で、別にまずいところを見られたという感じではなかったといいます。

むしろ自分が長く通っていることや、そこに来ていることを自慢げに話すケースさえあるらしい。若い人たちのあいだに、あたかもファッションの流行であるかのごとく、あるいはスポーツジムに通っているごとく心療内科に通う、という現象があるのを興味深く思いました。

ちなみに、これが精神科の病院で治療を受けたということになると、かつての世間での受けとめかたはかなり歪《ゆが》んでいました。どんなに偏見が少なくなったとはいえ、まだまだ社会一般の精神病というものへの理解はおそろしく低い。そういう病歴があるということに対して、ある種の過去の汚点であるような見方をする場合さえあるのです。

それに比べると、いまの心療内科のイメージはずいぶん違っています。では、どんな人が心療内科に通っているのでしょうか。

実際に心療内科に通っている人から話を聞いていると、最近しばしば出てくるのが「パニック症候群」あるいは「パニック障害」という言葉です。「PD（panic disorder）」とも言って、直訳すれば「恐慌障害《きょうこうしょうがい》」という意味になります。

具体的にどういうことかというと、これという理由もないのに突然、心臓発作《ほっさ》のような息苦しさや動悸《どうき》をくり返し、心臓が止まるのではないかという恐怖に襲われる。その発作がいつ再発するかもしれないという不安に陥《おちい》る。多く見られる現象は過呼吸で、息を吸い込むばかりで、吐くことができなくなる。つまり、酸素の取りすぎということです。

そういう場合、応急処置としては口を手でおおって、自分が吐いた息の二酸化炭素をもう一度吸うといいのだそうです。

それで、ヘアーキャップみたいなビニール袋をいつも持ち歩いている人がいるらしい。もし、過呼吸的な症状が出たときには、応急的にそのビニール袋で口をおおう。そして、自分が吐き出した息を吸うと一時的にはなんとかなる、ということなのです。若い子なら、シンナーを吸っているんじゃないか、と勘違いされそうですが、そうではないそうです。

そういうものを携帯して歩いている人がいる、ということだけでもぼくには驚きでした。

だいたい、このパニック症候群という病気自体が本当にはよくわかっていません。薬を飲んだからといって、決定的な治療ができるわけではない。しかし、これは本人にとってはものすごく苦しいものらしいです。

たとえば、車を運転している途中でそういうパニックに襲われて、いまにも死にそうな恐怖におそわれる。なんとか車を道路脇にとめて、車から出てそこにしゃがみこむ。すでに息は絶え絶えになって体の自由もきかず、そのため、しばしば知らない人に救急車を呼んでもらうことになる。そういうことがたび重なると、海外旅行に行ってもツアーのほかの人たちに迷惑をかけるのではないか、と怖くて行けなくなる。職場でも、発作が起きたらどうしよう、と思うと責任ある仕事にもつけない。

とくに、重症の人はそういう発作がしょっちゅう起こるわけです。しかも、原因がわからず、いつ突然発作が起こるかも予測できません。本人は、つねに大きな不安を抱えながら生きていくことになる。

また、大災害や大事故、戦争などで生命に危険がおよぶほどの体験をしたり、そうした場面を見たことで、こころに深い傷を受けることがあります。これは「心的外傷後ストレス障害（ＰＴＳＤ）」と呼ばれていますが、あの阪神・淡路大震災が起こったとき以来、広く知られるようになりました。

阪神・淡路大震災の被災者には、十年あまりたっても、いまだにその症状に悩まされる人がいると聞きます。本棚からいっせいに本が崩れてくる光景が、フラッシュバックする。真夜中にそうした光景が頭のなかでパッパッと閃いて、そのたびに飛び上がって起きてしまう。

二〇〇一年九月十一日にアメリカで起こった同時多発テロ事件でビルに飛行機が激突する光景を目撃した人たちもそうです。あのとき、テレビの映像をくり返し見た子どもたちが、心的外傷後ストレス障害にかかったという報道もありました。世界中の人たちが、ことにアメリカ人が、この激しい障害を受けたと考えていいのです。そこから生じてくる反応は、はかりしれません。

こうした問題は、もはや一部の人たちに限られたものでも、特殊なものでもなくなっているといえるでしょう。

外からは見えない「こころの不自由」

体のどこかにハンディキャップを持っているということは、誰もがわかるように、たいへん苦しいことです。

ぼく自身も足を捻挫《ねんざ》してみて、階段の横にあるスロープの価値がはじめてよくわかりました。正直な話、なぜあんな面倒なものをつくるんだろう、と身勝手に思っていたこともあります。しかし、手すりやスロープがついていることのありがたさを、自分が捻挫をしたことで身にしみて痛感しました。

体の不自由さというのは、ふつうハンディキャップと簡単にいいますが、そんなものではありません。ぼくらがいくら想像力を使っても、本人のように感じることはできないものなのです。目が見えない人もいますし、耳が聞こえない人もいます。車いすを使って介助してもらわなければ、まったく移動できない人もいます。

そうした本人の不自由さ、苦しみというものは、最終的にはその人にしかわからないものではないのか。血のつながった両親、家族、兄弟姉妹、親友、あるいは良心的な医師や献身的な看護師であっても、本当の苦しみはわかってもらえないと思います。

人間の身の不自由さ、抱えている悩みというものは、その人自身がひとりで最後まで背負っていかねばならない。それは仏教の思想の大事な教えのひとつです。つまり、人は苦しみを他人にかわって背負ってもらうことはできない。

　では、これを「心身の不自由」と考えた場合はどうでしょうか。

　評論家の江藤淳さんが亡くなったとき、遺書の最初の部分に「心身の不自由は進み、病苦は堪《た》え難《がた》し」と書かれていたのが忘れられません。この「心身の不自由」というのは、こころが不自由だということと、体が不自由であることの両方です。

　体の不自由というものは、多くの場合は〈目に見える不自由〉です。ですから、あえて説明しなくても、この人はハンディキャップを背負っている人なんだな、と理解してもらえる。視覚障害で白い杖をついている人が迷っていると、さりげなくそっと誘導する人をときたま見かけます。また、車いすの人が階段などで立ち往生していれば、力を貸してくれる人がひとりやふたりはきっといることでしょう。

　そういう体の不自由な人を社会が認識して、その上でハンディキャップを持っている人を受け入れよう、という姿勢がいまの時代には出てきています。たとえば、『五体不満足』の著者の乙武洋匡《おとたけひろただ》さんのように、積極的に社会で活躍する人もいます。

　ところが、こころの不自由というものは〈目に見えない不自由〉なのです。

肉体的不自由というものは、本当の苦しみはわからないにしろ、他人も同情心をもって、想像力をもって理解することができます。けれども、こころの不自由というものは、外からは見えない。その人がこころのなかに抱えているものです。

しかも、えてしてそういう人に限って、自分ひとりで黙って内心抱えている大きな問題点を他人には気取られないようにする。明るく快活な表情でふるまったりもする。

ぼくが出会った心療内科に通っている女性編集者もそうでした。彼女は非常に快活で、明るくて、ファッションなども洗練されていて、とてもそんな問題を抱えているとは思えません。救急車で運ばれたり、注射を打ったり、死ぬかと思ったという体験をしている現場を見ることがないので、誰も彼女が病気だとは気がつきもしませんでした。

こころの不自由さ、自分のこころをコントロールできない悩み、こころの問題から発するパニック、それによって起こるさまざまな苦しみ……。こうしたことは、身体的なハンディキャップを持つ人たちの悩みや痛みを充分に考えたうえでも、ひょっとしたら、さらに輪をかけて深いものかもしれません。

ですから、こころの不自由さを抱える人たちが最近はそれほどの抵抗もなく心療内科に通う。それはいいことだとぼくは思います。アメリカでは、精神分析医のもとに通ったり、プロのライフ・コーチに指導を受けたり、教会へ行って牧師に話を聞いてもらうことが定着しています。しかし、日本では精神分析というシステムが社会的に定着していませんし、ある種の不信感を持つ人も多い。キリスト教徒をのぞけば、教会に通う人もわずかしかいません。

そうなると、相談相手として考えられるのは、学校の先生か、職場の上司か、親友か、親か、兄弟姉妹くらいのものでしょう。けれども、いまは個人主義の時代で、そういう悩みを表に出すことが憚《はばか》られる時代だというところが問題です。

悩みを外に出せない時代。それは、いまの世の中が競争社会だということです。

子どものときから、幼稚園にはいるのにも立派な塾へ行く。両親は幼い子どもに、面接ではこんなことを言ってはいけない、あんなことも黙っていなければいけない、と一所懸命教え込む。その子どもたちは、競争社会を勝ち抜いていくためには、その通りにしないとだめなのだ、と思う。自分が抱えているハンディキャップは、絶対に他人に気づかれてはいけない、と思い込んで育っていく。

入試にしても就職にしても何にしても、日本は競争社会です。少子化と言われながら、むしろ塾は活気づいているという話です。それと同時に、いま企業社会ではリストラがどんどん進んでいます。その競争社会のなかで落伍《らくご》したくないという気持ち、蹴落とされたくないという気持ちは、みんなが持っていることでしょう。その競争から外れることは、グループからはじき出されることにつながります。いじめにあって不登校になったり、学歴社会からドロップアウトして、みじめな人生を送らなければならないことになる。

かつて身体障害者の人たちは、肉体的なハンディキャップが原因で差別的な扱いを受けたり、いじめにあったりしたことが少なくありませんでした。しかし、現在では社会の理解と組織の力で、堂々と生きていこうという姿勢を示している。その人たちが疎外感を味わうことは、個人的にはあったとしても、社会的環境は少しずつ改善されつつあります。

それに対して、こころの不自由さを持つ人は、それを表面には出せずにいます。自分のこころのなかには周りの人とは違うものがある、と感じている人もいる。正常か異常かという区別をすると、自分は特異なグループにはいる人間ではないか、とおびえている人もいる。そんな人たちは、周囲の人には決してそのことを知られないようにする。知られれば、この競争社会ではハンディキャップとなり、落伍《らくご》することになるからです。

そういう人たちも、ふだんは英会話教室に通って英語を習ったり、パソコン教室でパソコンを勉強したり、ファッションや美容にもつねに気をつかっている。ほかの人たちの仲間にはいって、なんとか後《おく》れずに生きていこう、と努力しているのです。

ところが、こころの不自由さ、こころの病気のために、それが全部一挙に覆《くつがえ》されてしまうのではないかという不安をひそかに自分の心に抱いて生きている。

しかも周囲を見回すと、みんなそれなりに楽しそうに、明るく元気に生きているという風景が見える。丸の内のオフィス街の女性などを見ても、出勤するときはみな一応の恰好《かっこう》をして、さっそうとあるいている。肩で風をきって、さあやるぞ、というファイトに満ちあふれているように見えるわけです。

そのなかで、その人はきっとこう思うでしょう。自分だけがこころに病気を抱えている。自分だけが、いつ何が起こるかわからないという不安を抱えて生きているらしい。しかし、それを他人に知られてしまえば大変なことになる。仲間はずれにされるかもしれないし、リストラされるかもしれない。そうしたら、自分は社会の落伍者になってしまう。

そのため、その人は周囲の人たちと同じように笑顔をつくろうとし、無理にいきいきと行動しようとします。必死でそうやって装《よそお》うわけです。

しかし、装うということは大変なことです。偽《いつわ》りの仮面をかぶって生きていくということには、限界があります。

その結果、その人はストレスに耐えきれなくなって、週一回とか月に何回とか心療内科に駆け込む。医者に話を聞いてもらったり、治療の方針を聞いたりする。あるいは薬を処方してもらう。もし、それができないと、自分は生きている価値がないんじゃないか、という不安におびえてしまう。

そういう人が、じつはものすごく多いのだ、ということを最近つくづく感じるのです。この心療内科に通う人たちが抱えている病気というのは、その意味では、きわめていまの時代を反映した病気だといえるでしょう。

不安は人間を支える大事な力

野口晴哉《のぐちはるちか》さんの本がまた話題になっているようです。

野口さんは一九一一年生まれで、一九七六年に亡くなっています。「野口整体」の創始者で、日本の東洋医学を代表するひとりとしても知られている。その野口さんがだいぶ前に書かれた本が筑摩書房から文庫本で復刊されて、広く読まれているらしい。

ぼくは、以前読んだ野口さんの『整体入門』という本がとてもおもしろかったので、『風邪の効用』という本も読んでみました。読むにつれて、考えかたの面で重なる部分がたくさんあって、なるほどなと思いました。

たとえば、野口さんの説では、風邪とか下痢というのは体の大掃除である、ということになります。体がアンバランスになっているときに、風邪や下痢はバランスを戻すためには大事なことだという。むしろ、風邪をひいたな、と思ったら喜ばなければいけない。風邪もひけないようなコチコチの体ではどうしようもない、もう救いようがない、というのです。これは、ぼくには非常におもしろかった。

野口さんの話はじつにわかりやすいので、そこが受けているのでしょう。その反面、どこか物事をすっきりと割り切りすぎている、と感じる部分がないでもありません。

こうしたときは、こういう気を通すと治るとか、こうすれば解決するとか、明快に書いてあるのです。このあたりはちょっと自分とは違うのではないかなと、ふと感じました。

薬で治る人もいれば、気によって治る人もいる。あるいは、信仰によって救われる人もいれば、イデオロギーによって人生の知恵を獲得する人もいる。そんなふうに、人間は一人ひとりみな違っている。

ぼくの知人に、ロンドンで活躍している評判の高い気功師がいます。以前からぼくの書くものを愛読してくれているというので、雑誌で対談をしました。その人に「鍼麻酔《はりますい》というのは本当に効くんでしょうか？」と尋《たず》ねてみました。彼の答えは「いいえ、それは人によります。すごく効く人もいれば、どうしても効かない人もいます」というものでした。

それを聞いて、ぼくは安心しました。鍼さえ打てばすべて効くとか、気を使えばなんでも治るとか、そんなことはないはずです。それは、玄米を食べればみんな治る、みたいな言いかたと同じことでしょう。

『風邪の効用』という本には、一部そういう気になるところもあります。しかし、風邪とか下痢とか、あるいは頭痛に関してだけでなく、人間のこころと体の働きに関して、野口さんの考えかたには非常に共感する点がありました。

たとえば、頭痛は人間の肉体に対する警告なのだ、とぼくは考えています。頭が痛いという反応もないようだったら、人間、もうおしまいだろう。頭痛があることで、人はどれだけそれより大きな深い悩みを早めに察知して、そこから救われているかわからない、とずっと思ってきたわけです。

風邪をひけば、ぼくらは早めに寝ますし、下痢をすれば、食事を制限します。あるいは、頭痛がひどいときはじっと静かにする。こういうことで、人間はどれだけ大きな危険を回避できているかわかりません。

そう考えると、〈風邪の効用〉というのは、たしかにその通りだな、と思います。ぼくが思うに、不安ということもまた、そうなのです。不安は人間の優れた、大事な警報の働きなのです。不安という警報機が鳴らないのは、泥棒がはいっても警報機が作動しないのと同じで、非常に困ったことだと思えばいい。要するに、不安というのは、人間が本来持っている強い防衛本能なのではないでしょうか。

だから、不安を悪として見て、なんとか追放しよう、退治しようとする考えかたは間違っているとぼくは考えてきました。不安をたくさん抱えている人は、体に警告を発する優れた警報機をそれだけ多く持っているのです。自分は、こんなに柔軟さとバランスのとれたこころを持っているのだ、とむしろ喜ぶべきでしょう。

もし、この世界や人生というものがすべて安定したものであれば、誰も不安を感じる必要はない。しかし、世界はつねに不安定な要素に満ちあふれています。人間は誰でも生まれてきた瞬間から、生きていくために戦い、不安を克服《こくふく》し、老化と戦い、死の恐怖を乗り越えていきます。周囲の環境とのさまざまな相剋《そうこく》のなかで生きていくわけです。

人間が生まれるということは、当然、不安を抱えて生まれてくるということです。人間が死ぬということも、不安を抱えて死んでいくことなのです。

何度も書いてきたことですが、シェークスピアの『リア王』のなかに「人は泣きながら生まれてくるのだ」という台詞《せりふ》があります。この言葉を、ぼく流に解釈しますと、この世に生まれてくる赤ん坊は、みずから選んで誕生したのではない。また、生まれてきたこの世界は、花は咲き鳥が歌うというようなパラダイスではない。反対に、弱肉強食の修羅《しゅら》の巷《ちまた》であったり、また卑俗《ひぞく》で滑稽《こっけい》で愚《おろ》かしい劇の舞台であったりする。

赤ん坊が泣くのは、そういうことを予感した不安と恐怖の叫び声なのだ、産声《うぶごえ》なんていうのは必ずしもめでたいものではないのだよ、という辛辣《しんらつ》な台詞です。嵐の吹き荒《すさ》ぶヒースの野で、老いたリア王が「人は泣きながら生まれてくるのだ」と叫ぶ。これは人生のある真実をついた言葉だと思います。

生まれてきた人間は、必ず死ななければならない。永遠に生きられる人は誰もいません。ある一定期限をすぎればみなこの世を去っていく。

そのことを、わたくしたちは日常的にできるだけ感じないようにしています。しかし、体がそれを感じることがある。胃が感じたり、腸が感じたり、手足が感じたり、皮膚《ひふ》が感じたり、心臓が感じたりすることがある。そのとき、人間はなんともいえず、こころが萎《な》えたような状態になったり、不安に陥るのです。

ぼくらはいま、競争社会に生きている、と前にいいました。競争社会では胸をはって、虚勢をはって生きていかなければなりません。

ヨーロッパやアメリカでは、子どものころから、スマイルということと、胸をはって大きな声できちんとものを言うことと、相手の目を見て話すことなどを指導する習慣があるそうです。たとえば、握手をするときは猫背ではいけない、顎《あご》を引いて胸をはれ、と教えるのです。つねに正面きって相手に向きあい、相手と戦っていこうとする。アメリカという国は、そういう姿勢や自信というものをことに大事にする国ではないでしょうか。

「人間は自信を持たなければならない」。それは、その通りだとぼくも思います。しかし、自信を持つことと不安を持つことは、対立する関係ではなく、背中あわせの関係にあるのです。不安を持たないということが、すなわち自信を持つということではありません。

ぼくに言わせれば、不安の正体をしっかりと感じ取って、いま自分が不安を感じていることにむしろ安心しなければならない。

「不安は人間を支えていく大事な力である」。そんなふうに考えていくべきだと思うのです。

さらに、安易に不安を取りのぞく、ということも考えないほうがいいのではないか。さっきも述べたように、阪神・淡路大震災のときに、心的外傷後ストレス障害を受けた人がたくさんいました。その人たちのこころを癒《いや》すために、いそいで勉強をしたセラピストを志す人が現地にたくさん集まった、という話もありました。

そのとき、ぼくは非常に心配な気がしたものです。人のこころを癒すというときに、その傷ついたこころを悪と考えて、それを治すという考えに立つのは間違いだということが充分に理解できているだろうか、と思ったからです。

人のこころが傷つくということ。それは善でもなければ悪でもない。ひとつのあるがままの自然な状態です。

その苦痛をできるだけ少なくするとか、そこから回復していく道を模索していくことは大事です。けれども、不安を治療するとか、治すとか、そういう考えかたを持つべきではないというのがぼくの考えです。傷ついたこころというのは決して本当には治らないのです。それとどうつきあっていくか、ということしかありません。

それは、腰痛というものが、人間が直立二足歩行をやめない限り治らないのと似ています。太古から、ぼくらの祖先は、四本足で地面を歩くことをやめ、脳を肥大させる道を選びました。そのため、不自然な二本足の姿勢で生きることを選択したときから、腰痛は人間に宿命づけられているわけです。

腰痛に悩んでいる人はたくさんいますが、痛みが顕在化《けんざいか》しないようになだめていくしかありません。筋力をつけたりして、できるだけ他のほうでサポートして表に出ないようにする。そういうことしか考えられないのです。

ガンが治るという言葉もぼくは嫌いです。人間は生まれたときからガンを内包《ないほう》している。人間にとっていちばん大きな「死」という運命のガンを治療することなど、絶対にできません。ぼくらは誰もが緩慢《かんまん》な死へ向かっている旅人なのです。

つまり、一日一日すぎていくということは、一歩一歩死へ向かって歩いていくことにほかならない。不老不死ということは、秦《しん》の始皇帝でさえも得ることができなかった。ですから、根本から発想を変えなければいけないと思うのです。

ガンが完全に治るなどという幻想を持ってはいけない。ぼくらが生きているからガンがある、とこう考えたいものです。ぼくらが死んでしまえばガン細胞も死にます。生きているあいだガンと共に苦しむということは、その人が生きているという証拠なのですから。

現代の社会は、これまでとは違ってきわめてグローバル化しています。通信やインターネットの発達で、地球上のどこかで起こった出来事が、瞬時にして世界中に影響をおよぼす。たとえば、コソボやアフガンで起こったことが、明日は日本にも影響をおよぼしてくる。

もし、日本がかつてのような孤立した鎖国社会であったならば、世界の動きなどは関係がありません。眠ったように暮らしていてもなんとかなるでしょう。

しかし、いまは一瞬にして、イラクで起こっていることが朝鮮半島に影響をおよぼしてくる。朝鮮半島で起こることが、日本人の生活にも直接響いてくるのです。

いまはそういう時代ですから、さまざまな不安の原因や人間における困難な状況は、むかしの百倍、いや千倍にもなってきているといえるでしょう。

くり返しますが、ぼくらが不安を感じるのは、いま当たり前のことなのです。ぼくらはいやでも、そこからスタートしなければならないのです。

2

「こころの戦争」に傷ついてしまう不安

「こころの戦争」で傷つき自殺に向かう人びと

いま、ぼくらの日本では戦争も起こらず、なんとなく平和な日々を過ごしているかのように見えます。

しかし、実際には、決してそうではありません。この十年間、自殺ということが大きな問題になってきているのはご存知でしょう。自殺について、ぼくはこれまでに何度となくくり返してきました。これは〈こころの戦争〉だ、と。〈見えない戦争〉という表現もつかってきました。

二〇〇二年、ぼくは秋田で開催された〈自殺について考えるシンポジウム〉に参加しました。その会で基調講演をするために呼ばれたのです。そのシンポジウムを主催したのは、曹洞宗《そうとうしゅう》の青年部の人たちでした。仏教団体にメディアや行政も参加して、協力してそういう会が持たれたそうです。

テーマがテーマですから、せいぜい六百人も集まればいいほうじゃないですか、と係の人と話していたら、なんと千人以上のお客さんが集まってきて、立ち見もでる大盛況だったのには驚きました。

なぜそんな会が秋田で催されたのか。じつは、秋田では人口当たりの自殺率が七年連続日本一を占めているのだそうです。秋田県人にしてみれば、秋田は東北のなかでも商業も発達しているし、資源も豊かで、それほど貧しい土地柄ではない。にもかかわらず、一年や二年ならまだしも、一九九五年から連続して日本一の自殺率とはいったいどういうことなのか。なぜだろう？　ということで、秋田の人たちは不安になっているのだと思います。

その不安から、こうしたシンポジウムが持たれることになったのでしょうが、もはや福祉の充実とか、行政の指導とか、学校での道徳教育ということだけではどうにもならない。とにかく第一歩を模索《もさく》しよう、ということから始まったのかもしれません。お寺の若い人たちが、そこに注目されて、動きだされた。立派なことだと感心しました。

自殺の多さに対して、行政や市民が不安を抱いている。そして、その不安の正体をしっかりと見定めようと努力をする。これはとても大事なことだと思います。

公的な機関、厚生労働省や警察庁などが発表する公式の資料では、現在、日本の一年間の自殺者は三万人から三万三千人前後で、ここ数年はそのあいだをずっと維持しています。

かつてフランスで年間一万八千人くらいの自殺者が出たことがありました。そのときに、フランスでは国内全体が大騒ぎになって、自殺に関するさまざまな討論が行われたそうです。そのなかで印象に残っているのは、一人の自殺者が出ると、その背景には十倍の自殺未遂者がいる、というデータでした。

つまり、十人の人が自殺を試みて一人が成功し、九人が失敗している、と考えればいいでしょう。そうなると、日本でも年間約三十三万人が自殺を試みていて、その一割の三万三千人だけが成功している、といえるのではないか。

さらに大きな問題は、一人の自殺者が出た場合、その肉親、親戚、職場の同僚、友人たち、地域の人びとなど百五十人から二百人が、生涯こころに消えない傷を負う、という研究報告がされていたことです。

それは、論文や資料など持ち出すまでもなく、実感としてわかります。ぼくの友人のひとりは、むかし精神科医として働いていた医師でしたが、学生時代からの親しい友人がいました。その友人は知的で優れた女性だったのですが、あるとき深夜に電話をかけてきたそうです。そして、家庭の悩みを、控えめに語った。深夜ですから、いつまでも話しているわけにはいきません。ほどほどのところで、また次回に、ということで電話を切りました。

ところが、それから少し経ってその友人が自殺をしたのです。そうなると、なぜあのとき、自分はとことん応対して、あるいは翌日でも会いに行って話を聞かなかったのだろう、とその人は自分自身を責めます。そして、その友人が亡くなってから十年以上経っても、まだそのことで涙がでてくるらしいのです。そのことが、ふっとしたときにフラッシュバックのようにこころによみがえる。また、夜、眠れぬままに思いだすこともあるそうです。

人間はそういうふうに、自分と縁ある人がみずから死を選んだ場合、生涯こころに消えない傷を負うのです。それは、目には見えませんが、明らかに具体的な傷なのです。現在、大事なことは、そういう目に見えない傷や、目に見えない疾患や、目に見えないハンディキャップを持つ人たちに、どう対応するかということだと思わずにはいられません。

自殺者の増加は深刻です。ぼくがよく例に出して話をするのは、ベトナム戦争のアメリカ兵の死者です。あの十五年間の泥沼のような戦争で、五万一千人のアメリカ人が戦死しました。アメリカ在郷軍人会の発表資料ですから、この数字は正確だと思います。

その後の湾岸戦争や二十一世紀にはいってのイラク戦争では、五人死んだ、十人死んだと大騒ぎしているのですから、五万一千人というのは大変なことなのです。あの十五年にわたるベトナム戦争は、アメリカ人のこころに消えない傷を残しました。

けれども、日本ではいま、二年間でそれを上回る自殺者を出していることになるのです。公式発表でも二年で六万数千人に達するわけですから、日本人はいま、あのベトナム戦争以上の戦争を戦っていることになるのではありませんか。

いま、日本では物があふれ、高価なブランド品が飛ぶように売れている。機関銃の弾も飛んでこない。爆弾も落ちない。ミサイルも飛んでこない。空襲警報も鳴らない。それにもかかわらず、ベトナム戦争などとくらべものにならない多くの戦死者を、一般民間人のなかから出しているのです。

そう考えると、いまぼくらは目に見えない戦いのまっただ中にいるといってもいいでしょう。あるいは、その戦いを〈こころの戦争〉と呼んでいいのかもしれない。

二〇〇三年の三月下旬から米英軍のイラク攻撃が始まりました。ハイテク武器によるバグダッド爆撃のニュースなどが、何度もテレビで放映されたので、その映像を見られたかたも大勢おられると思います。

しかし、バグダッドの市民たちは、子どもも大人も、映像などではなく、あの市街地の爆発のありさまを、キノコ雲や巨大な炎というものをその目でまざまざと直視したのです。

ああいう光景を目撃した人間が、いかに大きな心的外傷、トラウマを受けることになるか、想像してもこころがふるえます。深夜の爆音、サイレン、赤く染まる空、そういうものを震えながら体験するということは、大変なことです。直接、負傷したり、自分の住居を破壊されなかったとしてもです。そういう問題を、ジャーナリズムがたいして感じていないらしいことに、ぼくは驚きました。人間は体に傷を受け、命を失うだけではない。ぼくらはこころと体の両方に傷を受けるのです。しかし、なぜか評論家たちは体に受けた傷しか問題にしていないらしい。身体を痛めつけたり、生命を奪ったということしか眼中にない。死者や負傷者の数しか問題にしていないのです。

そうではなく、「心身の傷」こそ人間にとっての一大問題なのではないか。こころのやわらかな子どもたち。その母親たち。あるいは長年そこに住んできたお年寄りたち。彼らを含めて、自分の街や思い出が爆破されていくなまなましい光景を目撃した人びとは、一生こころが傷ついたまま生き続けなければならないのでしょう。体の傷は消えても、こころの傷は消えません。

バグダッドの正式名は「平安の都《マディーナ・アッサラーム》」だそうです。むかし、学校でティグリス・ユーフラテス文明について習いましたが、千何百年という長い歴史を持つ都市です。

そこに住む人びとにとって、愛する「平安の都」に無数の火柱が立ち、キノコ雲のような黒煙があがって、片端から建物が破壊されていく。彼らが受けたダメージ、心的外傷後ストレス障害（ＰＴＳＤ）、記憶に焼きついた深い傷あとは消えません。体の傷は癒えても、こころの傷は生涯、癒えないのです。

ぼくはいつも「記録は消えても記憶は消えない」と言ってきました。彼らにとって、この四月の夜の記憶は生涯消えることがないでしょう。ぼく自身、自分が見てきた過去のさまざまな記憶のことをずっと考えています。それは、一生ぼくの生きかたを支配するだろうと思っています。それは、あたかも火傷《やけど》をしたときの引きつれが永く残るように、こころに傷として残っていくのです。そして、こころの傷は、体に、その人の人格に、生きかたに大きく作用します。

バグダッドの数百万人の市民たちは、負傷者の数にはカウントされていなくても、あの爆撃で全員が心身に大きな傷を受け、深いハンディキャップを背負わされたのです。

いまは、傷や病気というものを、心身の問題として考えなければならない時代となってきました。最近、労災などでも、心的外傷後ストレス障害などのこころの病気が、健康保険の対象として認められるようになってきたのは当然です。

それを考えれば、バグダッド爆撃を体験した市民たち、あるいは、それをテレビ中継で見た全世界の人びとが、すべてこころに大きな傷を受けたことになるのです。このことを考えずに、一般市民の死傷者の数だけを問題にすることは、とんでもないまちがいだと思います。体の傷も大きい。しかし、目に見えないこころの傷は、もっと、深刻です。

この〈こころの戦争〉の場合には、数を数えられないこころの戦死者が、自殺者という形であらわれている。あるいは、心的外傷後ストレス障害やパニック症候群などで悩んでいる人たちも、こころの戦傷者《せんしようしや》だといえるでしょう。

ぼくは「自殺は大きな問題だ」と、もう十数年間ずっと言いつづけてきました。けれども、マスコミで大きく取り上げられずにきたのは、やはりそれが明るいニュースではないからです。こんな暗い時代には、もっと楽しいニュース、前向きでプラス思考になるような話をしてほしいといつもマスコミから言われます。その風潮のなかで、ぼくの発言はほとんど届かずに今日まできてしまいました。

それが、最近はだいぶ変わってきました。自殺の問題も少しずつ注目されてきています。たとえば、交通遺児などに奨学金を支給している「あしなが育英会」では、自殺遺児への支援もあわせて行うようになっています。

これは現実に、保護者が自殺をしたことで、遺族が経済的に困窮《こんきゅう》するケースが急増しているためです。また、親が自殺したことがわかると、子どもが学校でいじめられたりする。また、結婚する場合に不利になったり、就職する際にも不利に働くことがある。そうした新たな差別が生じているわけで、その差別をどう克服するかも問題です。それくらい、ひとりの自殺が周囲の人たちに与える傷は大きい、といえるのです。

数年前、テレビがしきりに自殺を論じているので画面に目をやると、古尾谷雅人《ふるおやまさと》という役者さんが自宅で自殺したことが報じられていました。古尾谷さんは四十五歳、大森一樹監督の『ヒポクラテスたち』で主演し、テレビドラマや映画で活躍していた個性的な俳優です。遺書は見つからなかったそうです。

有名人が自殺をすると、マスコミは大騒ぎをします。俳優やタレントの場合は、特にそうです。自殺の原因があれこれ詮索《せんさく》され、家族や知人、所属プロダクション関係者のコメントが記事になったり、テレビのワイドショウで放送されます。

有名人が自殺をする度に、この騒ぎはくり返されてきました。

自殺した俳優やタレントの私生活を興味本位にあばきたてるくらいなら、自殺がわれわれ社会が抱えている、非常に重く切実な問題であるということをマスコミもきちんと伝えてくれればいいのに、と思います。

普段は自殺の問題などにまったく関心を示さない人たちまでが、熱心に新聞や週刊誌の記事を読み、テレビのワイドショウにくぎづけになっているのですから。

一週間ほど旅をして戻ってくると、今度は香港《ホンコン》の映画スター、レスリー・チャンの自殺が報じられていました。

遺書を身につけて、ホテルから飛び降り自殺をしたとのことでした。享年《きょうねん》四十六。代表作に『男たちの挽歌』、カンヌ映画祭パルム・ドール受賞作『さらば、わが愛　覇王別姫《はおうべっき》』があります。

新型肺炎ＳＡＲＳの予防のためマスクをつけたファンが現場のホテル周辺を幾重にも取り巻いているところが報じられていました。四十代半ばの俳優が立て続けに自殺して、さすがにマスコミも沈鬱《ちんうつ》な雰囲気でした。

同じ世代の、働き盛りの人たちにとって、自殺は他人事ではないでしょう。この年代の人びとは、社会の中堅、企業の中堅として、さまざまなプレッシャーにさらされています。

ばりばりと精力的に仕事をこなしているように見えても、当人は体力の衰えを感じ、また得体の知れない不安を胸の奥に抱えていることが多いのです。自分はいつまでこうやって仕事を続けていられるだろう、もし今の仕事を失ったらどうなるのだろう、自分はいつまで生きられるだろう。

押さえつけている不安が、いつか大きく膨《ふく》らんで、自分を覆《おお》い尽くしてしまうという、どこかに怯《おび》えにも似た感情を抱いているのが、この年代ではないでしょうか。

若くもなく年寄りでもない。中途半端な状態にあり、社会的には上からも下からも圧力をかけられている。

緊張の糸がぷつんと途切れた瞬間に、すっと死への道を選んでしまいそうな、自殺予備軍がこの年代の人びとなのではないでしょうか。死が甘美なやすらぎに思えてしまう瞬間が訪れるのではないかという不安、それが四十代半ばの人たちが持つ自殺への不安だと思います。

もう少し下の年代では、自殺の景色が異なります。

インターネットの自殺サイトで仲間を募集し、三人ほどで自殺をする事件が、立て続けに何件も起こりました。

それまで一面識もない人と自殺をともにする、という感覚がぼくにはよくわかりません。ただ、それぞれの人が意識していたであろう、存在の希薄さといったものは、感じとれる気がします。

彼ら彼女らには、死を選ばなければならない切迫した理由があったのだろうか、と考えると、報道されている限りでは、そうは思えない。

実際、自殺に参加する予定で、自殺決行現場を下見にまでいった女子高校生は、最終的に不参加を決めています。

女子高校生には、たぶん、切迫した理由はなかったのでしょう。なにか、しらじらと静まり返った感じ、脱色されたフィルムをスローモーションで見ているような感じが、この人たちの自殺にはあるのです。

苦痛を感じない方法を探し、場所を決め、薬を入手して、携帯電話のメールで連絡を取り合って、自殺を決行する。なにもかもが、静かに、予定通りに進んでいく。色合いも薄ければ、臭いもしない。どこか作り物めいた感じがしてしまうのです。しかも、その作り物めいた世界は、きれいにクリーン・アップされている。まるで洗練されたCM映像のように。

人間はもっと動物めいているものだ、と彼らに言っても、かすかな冷笑が返ってくるだけのような気がします。

脱臭剤を使い、脱毛剤を使い、毎朝シャワーを浴びて、食後は必ず歯を磨き、人と会う前には口臭予防薬で口をすすぐ。そういうクリーンな生活習慣を持っていた人たちが、選んだ死の形が、苦痛のない、ひとりではやっぱり寂しいから誰かと一緒の自殺なのだと考えると、納得できなくもないのです。

彼らのひとりが残した遺書に、「えっちもしたしね」という一節がありました。死を前にして、初めて顔を合わせた男女が性的な交渉を持った。その事実を表現するのに、「えっち」という表現ほどふさわしい表記はないでしょう。

いま、みずからの存在の希薄さを感じている若者は多いと思います。自分の存在感の希薄さは、娑婆《しゃば》世界での足どりの軽やかさにもなり、死への軽やかなステップにもなるのかもしれません。

このことは日本だけの傾向ではないようです。一人っ子政策を取った中国でも、一人っ子世代の若者たちの自殺が増えています。

何人も兄弟姉妹がいた大家族制度の時代には、若者が自殺することはそれほどなかったらしいのです。むしろ餓《が》死《し》しないために、生き残るために必死になっていた。ところが、一人っ子政策が実施され、また中国の経済も自由化されて生活水準が上がり始めるにつれて、ちょっとした挫《ざ》折《せつ》で死を選ぶ若者が多くなってきたといいます。特に一人っ子の女性は目立って生命力が弱くなっていると報道されていました。

なかには、家族の生活のためにと自殺する若者もいるらしい。自分が死ねば自分にかかるお金がいらなくなる、それを他の家族に使って欲しい。ある自殺者は、そういう遺書を残していたそうです。

しかし、家族のためであるならば、生き残って働いて金を稼ぎ家族を養う道もあるはずです。その道を選ばないのは、つらいことは嫌だ、つらいことをするくらいなら死んで楽になる、という甘えではないのかと思いました。家族のことを思いやって死を選んだと書き残した当の若者は、自分に甘えがあるとはまったく思っていないでしょうが。

舞い降りた場所で根をはり、生きることを何千年と続けてきた中国の人にすら、生の実感が希薄になり、死をまどろみのように感じてそこに逃げていく世代が出てきているということをぼくはひとつの衝撃として受け止めました。

この問題は、世界規模で考え語られなければならない問題なのです。

眠るように彼らは死へと溶けていきました。

彼らのあとを追う若者が次々とあらわれています。われわれにできることは何なのでしょうか？

泣くこともこころ萎えることも大切だと思う

　これまでにぼくが『こころ・と・からだ』や『生きるヒント』などの本でずっと言いつづけてきたことがあります。

　それは、ものごとは片面だけではないということです。仏教では「我《われ》ありて彼《かれ》あり」と言う。つまり、これがあるからあれがあるのだ、と。「因果《いんが》」というのも仏教の言葉ですが、これもそういう発想にもとづくものだと思います。

　簡単に言うと、ちゃんと泣けない人には、腹の底から笑うこともできるわけがない、ということです。笑うことも大事だけれども、泣くことも大事なのだ、悲しむことも大事なのだ、絶望することも大事なのだ、とぼくは一貫して言いつづけてきました。

　いま、そのテーマをもう一歩、さらに進めていかなければいけないという気がします。日本の戦後は、個人主義と合理主義で走りつづけてきました。技術立国と経済大国の建設を目標に、焼け跡闇市《やみいち》から不死鳥のようによみがえった時代でした。そこでは、できるだけ乾いた社会、合理的で効率的な社会をつくろうとぼくらは努力してきたのです。

人生には笑いと涙というふたつの世界があります。笑いというのは近代的で、しかも乾いたメディアです。逆に、涙というのは前近代的で、湿ったメディアだと考えられてきました。

昭和初期、悲惨な飢饉《ききん》に何度も襲われた東北地方では、たくさんの娘さんたちが身売りをしました。彼女たちは、自分が海外旅行をしたいとか、何かを買いたいということではなく、弟の学資のため、あるいは親の借金を返すために犠牲になったのです。女工として紡績工場で働いたり、娼婦として身売りせざるをえなかったのも、家族のためでした。

当時の日本社会は、封建的な主従関係や家族制度が保持されていました。そのじめじめしてカビが生えそうな人間関係のなかで、社会の下層に置かれた人びとは、耐えがたいほどの苦しみを味わってきました。

戦後は、そうしたものを克服してもっと明るい理想的な社会をつくっていこう、という意識が強く働きます。そして古くさい義理や人情は排して、じめじめした人間関係に乾いた風を送り込むことに専念したのです。

その乾いた風というのは、ユーモアと笑いです。ユーモアと笑いは、湿ってべとべとした社会をからからに乾かす、さわやかな風を吹き込む知的な力を持っています。

もちろん、ぼくはユーモアも笑いも非常に大事なものだと思っています。しかし、ユーモアと笑いが心を乾かす力を持っているという点で、乾きさえすればそれでいいのか、という問題がおのずと浮かびあがってくるわけです。

戦後の日本の建築は、湿式工法から乾式工法への転換だった、ということを建築の専門家が書いています。それを読んで納得しました。むかしは一軒の家をたてるのに、水を大量に使って、セメントをこね、漆喰《しっくい》や壁土をねり、そのほかにも水がたくさん使われました。しかし、最近の家は水を一滴も使わずに建つのです。プラスティックやガラスや軽金属や合板を運んできて、現場で組み立ててボルトで締めて家をつくってしまう。これを乾式工法というのだそうです。

そうすると、いまの日本人の多くは、一滴の水分も含まず、乾燥した空間のなかで暮らしていることになる。建築に限らず、学校も家庭も人間関係も、あらゆるものが湿式から乾式に転換してきたのではないのでしょうか。

何でも、湿っているよりも乾いていたほうがいいのか。これは違うと思います。「みずみずしい」という表現があるように、やはり水分を含んでいることは大事なのです。

この戦後の五十数年間、ぼくらのこころはからからに乾きすぎてしまったのではないか。湿っぽい人間の情感というものは、浪花節《なにわぶし》的だ、演歌的だ、歌謡曲的だ、あるいは新派的だ、メロドラマ的だ、と罵詈雑言《ばりぞうごん》を浴びせられ、世の中から軽蔑《けいべつ》されてきました。ぼくは、そのなかに含まれている湿ったもの、みずみずしい水分を、もう一度取り戻す必要があるような気がしてなりません。

この湿度の高い温暖な気候のなかに生きながら、ぼくらのこころはいま、まるでアフガンの荒野のように乾ききっている。乾ききったために、命までも乾いて軽くなってしまったのではないかと思います。乾いたものは軽いのです。水分をふくんでいるからこそ、重い。

乾いた命は軽い。命が軽くなれば、自殺をする人も増える。自分の命が軽いだけでなく、他人の命も軽いわけですから、凶悪犯罪もつぎつぎに起こる。いまこそ、乾燥しきった荒野にオアシスの水を注がなければいけないときではないでしょうか。そして、そのためにはちゃんと悲しむこと、泣くこともまた大事だと思うのです。

人間のこころと体を維持していくうえで、悲しむことと喜ぶことは、どちらにも大事な働きがあります。先ほども述べたように、片方だけで考えてはまちがうのです。

医学には大きく分けて、西洋医学と中国の漢方などの東洋医学のふたつがあります。ぼくは「漢方なんて効きません。あんな民間療法はだめです」という意見もおかしいと思いますし、「西洋医学は信用できません。漢方で全部治ります」という意見にも首をひねってしまう。以前から、どちらか片方がすべてを解決する、という言いかたには反発するところがありました。

先日、ある良心的な医師のかたが、立派な著書を送ってこられました。そのかたが経営している病院には、人間は心身の相関関係のなかでホリスティック（統合的）に考えなければならない、という学問的な理念があるそうです。ですから柔軟な治療を行い、近代的な化学療法を行いつつも、患者の希望があれば民間療法も否定しない。

さらに、笑うとか喜びという心理的な問題が心身の治療に大きな効果があるということで、「お笑い療法」などということも実施しているという。落語をやったり、演芸をやったり、いろいろなことを取り入れて患者に楽しんでもらい、患者さんに大いに笑ってもらっているそうなのです。

そういう実践のあとで統計を取ったところ、免疫力や自然治癒力《ちゆりよく》が向上していい結果が出た、ということが実例をあげて、理論的に書かれていました。

この「お笑い療法」はとても良心的でいい試みだと思います。けれども、その最後に書かれている言葉で、ぼくはつまずいてしまったのです。それは、次のような内容でした。

「このように患者さんや病いを持っている人たちが、本当にこころの底から笑い、喜ぶ機会を持つことは、病いと闘っている人の治療に大きな効果がある。そして自然治癒力も向上する。免疫力も向上する。つまり笑いやユーモア、あるいは無心にこころの底から喜ぶことがいかに大事であるかがわかった」

ここまではいいのですが、問題はその先です。

「であるから、できるだけ患者さんは、悲しんだり泣いたり、嘆いたりするような環境から遠ざけなければならない」

この部分を読んだときに、それまでの感心していた気持ちが一挙にひっくり返ってしまったような気がしたのでした。

絶望の暗闇のなかで希望を求めてもがいている人は、雲間から一条《ひとすじ》の光が射してきたときにそれを光明と感じて感激します。けれども、人工光線で二十四時間照らされているビニール温室みたいな場所にいる人のところに、一条の光が射してきたとして、はたしてどうか。その人は感激などしないでしょう。それと同じことではないか。

悲しんだり泣いたりすることは、それほど悪いことでしょうか。そうではないはずです。悲しむのも泣くのも人間らしい自然の反応です。そして腹の底から笑うということと、こころの底から泣くということは、車の両輪のようにどちらも大事なことです。

悲しみや嘆きや絶望を知っている人だけが、本当の意味での喜びや希望を自分の手につかむことができる。ぼくはやはり強くそう思ってしまうのです。

「泣く」というと、メロドラマを見て涙腺《るいせん》をゆるめるというふうに想像しがちですが、そうではない「泣く」もあります。たとえば、国のために泣く。世界のために泣く。世のため、人のために泣く。こんなにひどいことが行われていいのか、と正義のために泣く。いろいろな泣きかたがあります。つまり、泣くべきときにきちんと泣ける、ということは、とても大事なことなのです。

よく「カタルシス」という言葉で表現されますが、人は号泣することで、こころのなかのもやもやしたものが洗い流されることもあります。泣くことや悲しむことで他人と共感しあうこともできます。人間はちゃんと泣き、悲しんだときには、ちゃんと笑ったときと同じように身体の免疫力も向上し、こころの状態もバランスを取り戻すのではないか。

人間は誰でも、ああ、もう生きているのはいやだ、というふうに無気力感を覚えることもあります。これを「こころ萎《な》えた状態」ともいいます。「萎える」は、古い言葉では「しなえる」ともいう。ぐにゃっと曲がることをいいます。花や野菜が時間が経ってぐにゃっとなってしまうのも「萎える」という。人間も一日のうちで、一生のうちで、「こころ萎えた状態」をくり返し持つのです。

ああ、いやだな、と思いながら目を覚ます人もいれば、悶々《もんもん》と夜をすごす人もいる。そういうなかで、萎えた状態はよくない、と考えるのがいままでの常識だったのかもしれません。「しゃんとしろ」「がんばれ」というかけ声のなかで、人間は「こころ萎えた状態」を悪と考えてきました。ぼくは、それも違うと思うのです。

北陸の金沢へ行くと、初秋から秋にかけての時期に「雪吊《ゆきつ》り」という作業が行われます。雪吊りとは、高い樹木などに支柱を立てて、上から傘の骨のようにロープや縄を降ろして枝に巻きつけて支えるものです。毎年、兼六園やいろいろな場所で、ピラミッドを思わせるような美しい三角形のデザインが生まれる。これは、金沢の初冬の風物詩として、アマチュアカメラマンなどもたくさん撮影に集まります。

なぜ、この雪吊りをするのでしょうか。日本海側に降る雪は、北海道などの雪と違って強い湿気を帯びています。べとべとして重い雪なので、松の枝や葉にすぐにくっつく。その上にまた雪が降りつむ。すると、ものすごい重さになる。しかも、その雪はなかなか滑り落ちない。

そのため、強くて堅い木ほど、つもった雪の重みに耐えかねて、夜中に枝が折れてしまうのです。むかし、深夜に兼六園の近くを歩いていたときなど、パキーン、パキーンと枝が折れる鋭い音があちこちで響いていたものでした。雪吊りをすることでそれを防ぐのです。

その場合に、雪吊りが必要なのは強い木であり、堅い枝です。逆に、竹や柳のように柔らかくしなうものには雪吊りはしない。そういう木々は、枝の上に雪がつもってある重さになると、ぐにゃっとしなってその雪を自分で滑り落とします。そして、すぐに元に戻る。それをくり返しながら冬を耐え、やがて春を迎える。

要するに、しなうものや曲がるものは折れない、堅いものや強いものこそ折れる、ということでしょう。

「しなう」という言葉は「しなやか」という言葉にも似ています。ですから、「こころ萎えた状態」というのは、言い換えれば「こころがしなっている状態」です。しなやかなこころの持ち主であるからこそ、こころが萎えるのだとも言えるでしょう。

いま、ぼくらのこころにも、この日本海側の雪のように重いものが日常的に降りつもっています。毎日毎日ぼくらはその重圧と戦っているのです。ただ突っ張ってばかりいると、どこかでぱきんと音を立てて折れてしまう。逆に、こころが萎えた状態でしなって、その重圧をスルリと滑り落としてまた元に戻るということをくり返す。そうしていけば、折れずに生きていけるのではないか。そんなふうに思うところがあります。

つまり、こころ萎えた状態で、「ああ、人生ってどうしてこうなんだろう。生きているのが面倒くさい」と感じるのは、しなっている状態だと受けとめればいい。しなうことによって、重く降りつもる風雪を振り落とせばいい。

いまの時代は、その降り積もってくる風雪の重みが、耐えがたいほどになっている時代です。それだけ人びとがストレスを感じている〈大変な時代〉なのです。それをすべて背負って抱え込んだままでがんばっていると、いつか必ず折れてしまうのではないか。

心療内科へ通わざるをえない人たち、あるいは生きていることでため息をつかざるをえない人たち。そういう人たちは、まさに〈こころ萎えた状態〉を感じている。それは、実はこころがしなっているということであり、また、しなやかな生命力が残っていることだ、と考えてほしいと思います。曲がること、萎えること、そして、しなやかにしなうこともまた大きな力なのだ、と。

3 若さが失われていくことへの不安

老いや成熟が悪とされる社会

先日、婦人向けのファッションを扱っている店の人から話を聞いて、ちょっと意外に思ったことがありました。

いま、四十代、五十代から六十代くらいの女性たち、いわば〈大人の女性〉たちに合わせて中年向けの商品を入荷しても、絶対に売れないのだそうです。その反面、十代、二十代くらいの若者を対象にしたヤング向けの服を仕入れておくと、そうした〈大人の女性〉たちもどんどんそれを買っていくという。

その話を聞いたとき、すぐに思い浮かべたのはシャネルのことです。かつて、ぼくらが若かった時代には、シャネルといえばたいへん大人びたブランドとして一目おかれている存在でした。

三十年ほど前のことですが、ある若い女優さんがパリへ行って、本店でシャネルのスーツをオーダーしようとした。すると、「マドモアゼル、失礼ですが、うちのスーツはあなたのような若いかたの服ではありません。ぜひ、四十をすぎてからいらしていただけませんか」と丁重《ていちょう》に断られたという。その話の真偽はわかりません。しかし、そんな話がゴシップというか、一種の伝説のように伝えられたほど、シャネルは〈大人の女性〉のブランド、というイメージが定着していたのです。

それを身につけるのにふさわしい年齢ではないという理由で、商品を売らないという姿勢。そこに、シャネルというブランドの持つ確固たるポリシーをつくづく感じさせられたものです。

そのころは、シャネルの服を着るとか、ルイ・ヴィトンのバッグを持つとか、エルメスを身につけるということは、すなわち一人前の〈大人の女性〉になったということでした。もちろん、そうした高級ブランドを持てるということは、社会的にアドバンテージを得る、優位に立てる、ということでもあったのです。

ところが、それから何十年か経ったいまは社会全体の風潮が一変しています。

ヨーロッパの老舗《しにせ》ブランドでも、驚くほど大胆というか、若わかしいデザインのものをショーウインドウに飾る時代になりました。

いま、日本のルイ・ヴィトンの店では、若者のカップルや若いお嬢さんたちの姿が目立ちます。また、十代や二十代の女性がシャネルのバッグを持っているのも、ごく当たり前の光景になってきました。

では、そういうなかで、四十代、五十代以上の女性たちはどうしているのでしょう。十代や二十代の若い子にはできない〈大人の女性〉のファッションを満喫《まんきつ》し、自信を持って着こなしているのでしょうか。

それが、どうも違うらしい。

冒頭のお店の人の話では、Tシャツでいうと、最近は「三つのT」が流行《はや》ったそうです。これは、うしろにつくT。まずショート（short）、短めのTシャツで、おへそが出ることもある。次がタイト（tight）、これは体の線がぴったり出るきつめのもの。最後がライト（light）、軽快な、若い女の子らしいデザインのものです。

上からだぼっと着るようなTシャツではなく、体の線にぴっちり合って、柔軟性のある素材で、短めのかろやかなもの。そういうものが大いに流行ったということでした。そして、最近は四十代、五十代、さらに六十代くらいの女性も、若い人に人気のあるそんなファッション商品を求めたがる、という話でした。

　十代の娘さんや大学生の娘さんを連れて、お母さんがお店に一緒に買い物にやってくる。そのとき、娘さんが買う品物を見て、「じゃ、私もこれを買おうかな」と母親が言う。あるいは、娘さんのほうが、「お母さんもこれを買いなさいよ」とすすめる。そんな光景がめずらしくはないのだそうです。

　つまり、母と娘が同じファッションを共有する。その場合、必ず若いほうの娘さんの年齢に合わせたファッションになる。母親のほうが気に入った大人っぽい服を、「これ、シックでいいわよ。だから、あなたもこれを着なさい」と娘にすすめることは絶対にありえない。下手をすると娘に「そんなの、オバサンくさい！」とか言われて終わり。

　そんなふうに考えていくと、ファッションに限らず、いまの社会のすべての面で同じ現象が起こっているようにも思われます。

　たとえば、最近ブームになっているのが美容整形とか、高度な技術を要するメークだそうです。〈プチ整形〉などという言葉もあって、軽い気持ちで整形手術を受ける人が増えているという。豊胸《ほうきょう》手術も予約待ちの状況だと聞きました。

以前は、大学病院などには美容整形科というのはあまりありませんでした。しかし、最近では名高い大学病院などにも美容整形の部門ができて、大繁盛《だいはんじょう》しているらしい。そして、美容整形の世界に、若くて優秀な医学生がどんどんはいってきている、という話なのです。

それは、やはりお金になるということもあるでしょう。レオナルド・ダ・ヴィンチやミケランジェロの時代から、お金が集中しているところへ芸術家は集まってきました。彼らは有力なスポンサーを得て自分の腕を磨きました。そこから高い文化が生まれ、美術が発達し、あるいはルネッサンスも育ってきたわけです。ですから、これから伸びる業界に優秀な人材が集まるのは自然の理《ことわり》でしょう。

こうした現状からは、日本の社会全体でいま、〈若さ〉というものに価値があると考えられている、という問題が浮かび上がってきます。そのため、すべての人びとのあいだに、若さにとどまりたいと願う気持ちがある。そして老化を恐れ、不安に思う。〈若さ〉を失っていくことに対する大きな不安が生まれ、若さを維持する方向へと世の中が向かっていく。

つまり、若さから少しずつ成熟していく道を歩もうとせずに、成熟することへの不安を人びとが抱いているのです。成熟を〈老化〉という言葉でとらえて、それを否定し、できるだけ〈若さ〉を保とうとするわけです。

最近は、〈老化〉という言葉さえ使うのをいやがって、〈加齢〉という変な言葉を使うらしい。〈エージング〉と横文字にしたりもしています。

この若さが失われていくことへの不安を抱いているのは、女性だけではありません。たとえば、企業のエグゼクティブが毎週のようにスポーツジムに通って、一所懸命トレーニング・マシンで体を鍛《きた》えている。スポーツジムが、あちこちに林立して繁盛しているのもそのためでしょう。

また、一流ホテルなどには、たいていスポーツクラブがあります。会社役員の人などが、出張先のホテルでもウエイト・トレーニングをしたり、ランニング・マシンで走っている姿を見かけることがあります。

これは、単に健康を維持するということだけではないのではないか。おそらく、若わかしさを失うことへの不安というのが、その大きな要因でしょう。その不安が人びとを、健康維持やフィットネスやジョギングなどに向かわせているのではないでしょうか。最近の傾向を見ていると、どうもそんな感じがしてなりません。

美容整形も、女性だけではなくなっています。女性のあいだでは、もっぱらシワを取ったり、頬のゆるみを引き締めたり、増毛したり、余分な脂肪を取り除いたり、というような〈老化〉を防ぐための手術がしきりに行われているようです。

中高年男性の場合にも、女性と同じような美容整形をする人が出てきていますし、髪が薄くなるとヘアウイッグをつけたりする人が多い。そういうものが異常な流行を見せているというのも、若さが失われることへの不安からでしょう。

たくさんの人びとが見ているテレビのニュース番組でも、金曜日はニュース・キャスターが思いきりカジュアルな服装で出てきたりします。その場合、実年齢に比べて若わかしさを強調した恰好《かっこう》で登場することが多い。

ふだんの日はダブルのスーツにネクタイをきちんと締めていて、信頼できるニュース・キャスターというイメージがある、その人が突然、若わかしいカジュアルな恰好をして現れるのが流行です。

これも、ある意味でジャーナリストも若くなければいけない、という考えかたを反映しているのかもしれません。

むかしは、成熟への道をたどることは美徳でした。それがいまは、成熟していくのはよくないことだ、という価値観の時代に変わってきた気がします。

その根底には、老いることは悪である、成熟することも悪である、大人になることも悪である、という考えかたが存在する。いくら「美しき老年」などと言っても、内心では、誰もができるだけ長く若わかしくいたい、若さを維持したい、と思っている。

その若さが失われていく不安に抗するために、ファッションも、肌の手入れも、あるいは髪を染めることも、年齢よりもずっと若いほうへとシフトしていく。

とにかく、年齢の割にその人が若く見えるということが、社会から注目される時代になっているのはたしかでしょう。それに比例して、若さが失われることへの不安というものは、年々増大していくことになるわけです。

一元的な文化の貧しさ

フレンチ・レストランなどで、中年の紳士が、ちょっと渋いツィードのジャケットの奥から、おもむろに老眼鏡を取り出してかけて、ワインリストを眺める。むかし、そういう姿はとてもうらやましい光景でした。ある年齢以上になって老眼鏡を使うことは、決して年寄りくさくもないし、みっともないものでもなかった。むしろ、それは周りの人たちに、カッコいいな、と思わせる力がありました。

最近の四十代後半の人を見ていると、必死で老眼鏡をかけまいとしているらしい。ぼくのスタッフのKくんなどもそのひとりです。いくらすすめても、老眼鏡を使わない。そして、細かい文字が読みにくいものだから、「このへん暗いなあ」とか、「字が小さいなあ」とか、しきりに弁解しています。あれも、老眼鏡から連想される〈老いること〉に対して、抵抗しているのだろうと思います。もっとも彼に言わせると、老眼になりにくい家系だというのですが。

いまの日本のカルチャーを見ていると、全部若い人のほうへ向いている気がしてなりません。最初に例に挙げたファッションでもそうです。女性たちは、自分の年齢よりもずっと若い世代に似合うファッションを身につけようとする。

あるいは、四十代や五十代の人が、語尾上げの少女っぽいしゃべりかたをする。カラオケでは上司が中学生のようなアイドルの歌を歌ったり、若者のあいだで流行《はや》っている言葉を会話のなかに取り入れたりする。若者に支持されている本を中高年が買って読んでいる。

聴く音楽もそうです。中高年の人たちが必死で若い人たちの音楽を聴いている。宇多田ヒカルのデビューＣＤが何百万枚も売れたというのは、意外に三十代、四十代のご婦人がたも買ったからだ、という説があります。

そんなふうに、若い人に人気のある歌手のＣＤを年配の人が買うことはありますが、ただし、特別な例外はべつとして、その逆は一般的にはまずありません。

最近は、年配の女性たちが、若いアイドルの追っかけをする現象も珍しくありません。人気グループは言うにおよばず、もっとずっと若い、売り出して間もないグループに熱中して、必ずコンサートを見に行くという人たちもいます。残念ながら、十代の女の子たちが、五十代とか六十代の歌手の追っかけをする、という逆の現象はほとんど聞いたことがありません。しかし、いつか渋谷でのジェーン・バーキンのコンサートは、若い人たちで一杯でした。外国人アーティストにはそれがあるから素敵なのです。

つまり、いまの日本の若さ志向というのは、完全に一方的なものだといっていいでしょう。成熟もいいけれども若さもいい、という形では決してない。成熟には見向きもせず、ひたすら若さのほうだけを追っている。大人までが若い人たちの好みに合わせている。

前にも書いたように、ぼくはつねに「我《われ》ありて彼《かれ》あり」であるべきだと思っています。たとえば、高齢の人の落ちつきや、いぶし銀のような存在があってこそ、初々しさの魅力も引き立つ。一方に成熟というものがあってこそ、若さがキラキラと輝く。

けれども、現状では、若さはいいけれども成熟はだめだというように、片方の価値しか認めていません。そうなると、これは正義か悪か、というものの見かたと非常によく似てきます。その一元論でいまの世界が支配されているということが、じつは大問題だろうという気がするのです。

ぼくは二元論者です。すべてのものは、対極にあるふたつのもののきわどいバランスの上に成り立っている。成熟が美しければ美しいほど、老年が見事であればあるほど、若さのみずみずしさも、無鉄砲さも輝きを放つ。

それが、いまは一方的に若さだけが大切にされている。社会が若さの方向へ一方的にシフトして、そちらのほうへものすごい勢いでどんどん進みつつある。これから少子化が進んでいけば、成熟した大人の数が増えて、大人の文化が出現するのではないか、という説もあります。けれども、どうも日本という国では、幼いことや若いことがいいと思われているらしい。

これほど子どもっぽいカルチャーが大事にされている国は、世界のなかでほかにないだろうと思うほどです。

たとえば、高級な寿司屋とかフレンチ・レストランなどでも、幼稚園にも行っていないような子どもを連れてくる親がけっこういます。子どもが寿司屋のカウンターで「ぼく、エンガワ」などと言ったり、フランス料理店でフォアグラをフォークでグジャグジャつぶしたりしている。その状況を眺めていると、やはりこれはおかしいのではないか、と思わずにいられません。

大人が集まる場所、若者の集まる場所、子どもたちの集まる場所というのはそれぞれ分化していていいのではないか。それとは別に、家庭のなかで団らんがあり、一台のテレビを囲んで話をするというような流れがあるべきではないか。あるいは、地域のコミュニティのなかで、世代を超えた付き合いがあるほうがいいのではないか。

この〈子どもっぽいカルチャー〉ということと、若さ志向ということを突き詰めていくと、いろいろなことに思い当たります。

たとえば、若い世代にコミックが人気があるというと、コミックのようなカルチャーが読者になじんでくるようになる。そうすると、物語の持続力などというものを考えずに、その場その場で瞬間的におもしろいものをつなぎ合わせたようなモザイク的な小説を書く、という流れも文芸の世界に出てきます。

むかしは小説には伏線というものがありました。あちこちに伏線を張りめぐらせてあって、それをじっと我慢して読んでいくと、そのうちに伏線がビッと生きてきて思いもかけぬ結末になる。そうか、前に張られていたあれが伏線だったのか、さすがにこの作者はすごい、と畏敬《いけい》の念を持って読んだものです。

いまは、そんな小説を書いても、じっと最後まで読み切る人は少ないような気がします。長いあいだ伏線をじっと我慢して、最後の結末にいたるというようなことは、おそらくいまの読者は期待していないでしょう。

その場面場面のおもしろさがあればいい。コラージュ的にその場その場がおもしろければ許される。最初と最後が矛盾《むじゅん》していたり、世にも恐ろしい物語が展開するといわれて最後に全然出てこなくても、べつに文句をいう人はいない。小説に限らず、いまはあらゆるものが持続した一貫性や構築性を失ってしまっている。そういうものが失われた時代だという気がします。

文化が一元的になっていて、若さだけが一方的に大切にされているというのが、ぼくの実感です。

最近の電気製品を見ると、あらゆるものがデジタルになっています。電子手帳にはじまって、テレビやオーディオやいろいろな機器、携帯電話にいたるまでほとんどがデジタルです。デジタルになるのはけっこうなことです。ところが、これほど使用表示が小さいのはなぜなのか。しかも、その表示が英語で書かれていることが多い。デザイン化されていても、そのデザインが小さすぎて読みにくい。

現に、ぼくが使っているオーディオ機器も、音のボリュームを上げる・下げるというところにごく小さな△のマークがついています。ところが、その△に色がついていないうえ、細かな英語で書かれているので読めないのです。読もうとすると、いちいち老眼鏡をかけなければいけない。

また、少し前に買ったICメモリーを使った小型の録音機というのは、いろんな機能の表示がおそろしく小さい。老眼鏡をかけてさらにその上で虫眼鏡で拡大しなければ、とても読めないような細かい字で表示されています。

機械自体も小さいので、ある程度はしかたがないでしょう。それでも、ここまで超細字で表示する必要はないはずです。行きすぎたデザイン優先の結果だろうとしか思えません。視力のいい若い人に合わせるのがカッコいい、ということなのでしょうか。

また、名刺をもらうことがよくあります。その名刺やパンフレットなどでも、現代的でカッコいいものほど小さな活字を使っています。極端にいえば、見えないほどの細字で。

こんな小さな字で書くのがスマートだ、というふうに現場の若い人たちが主張する。それに対して、経営者の人たちはけっこう目が悪いはずなのに、おそらく、若い連中の意見のほうが今風だろう、と従うのでしょうか。

テレビ番組の制作にしても、雑誌の編集にしても、最近の現場はむかしとは大きく違ってきています。むかしは編集長と若手とがいろいろ意見を出して、そのバランスのなかから生まれたものが形になっていました。

しかし、最近は違います。ステージのセットにしても、音楽のアレンジにしても、構成のしかたにしても、現場の二十代、あるいはせいぜい三十代の若い人たちの感覚に合わせている。彼らに自由につくらせて、上の人たちはその予算をチェックしているだけ、というのが実情らしい。実際のものづくりには口を出さない、ということなのです。

その二十代や三十代のクリエイティブな仕事をしている人たちが視線を向ける先は、さらに若い十代の人たちです。そこに焦点を当てている。最近のテレビ番組や、書店に並んでいる雑誌などを見れば、それは明らかでしょう。

ぼくはそういう状況を見ると違和感を覚えずにいられません。若いことに価値がある、というのは危うい考えかたであり、貧しい考えかただ、という気がしてしかたがないのです。

やはり、世の中にはさまざまなカルチャーの階層があるべきなのです。そういうものが重層的に共生しているのが素晴らしいことだと思うのです。

若さだけではなく成熟の魅力にこだわる

若さが失われるということを、まったく別の角度から考えてみましょう。

人間の体には、免疫を司《つかさど》っている「胸腺《きょうせん》」というものがあります。いままでにも何度か書いたことがありますが、胸腺は人間のちょうど胸の上あたりにある薄い膜のようなものです。そこで、免疫を司る細胞をトレーニングして育て、送り込む。人体にとって非常に大事な器官であり、いわば訓練センターのような役割を果たしているといえるでしょう。

ぼくはあまり好きではないのですが、フランス料理で「仔牛《こうし》の胸腺焼き」という料理が出てくることがあります。なぜ「仔牛」かというと、胸腺というのは非常に早く老いてしまうからです。年取った牛ではだめなのでしょうか。

人間でも同じです。胸腺が最も発育して、きちんと作用しているのは、十八歳から二十歳くらいだろうと言われている。すでに、十代の終わりから胸腺は萎縮《いしゅく》し、退縮していくのです。

三十代をすぎると半分くらいに萎縮してしまい、四十代、五十代をすぎると、四分の一とか八分の一になってしまう。そして、六十代、七十代になると脂肪化して、ほとんど痕跡を残すのみ、ということらしい。なんだか、人間の一生を象徴しているようです。

いろいろな細胞を移植したりするときに、胸腺の細胞も一緒に移植しないと、拒絶反応が起こって、その生物は死んでしまう。それくらい胸腺は大事なものです。しかも、免疫を司る指令センターだとすると、人間の健康を守るうえで非常に大きな役割を果たしているわけです。

免疫の働きというのは、従来考えられていたように、ただ外からはいってくる外敵を拒絶するだけではありません。寛容（トレランス）という働きもして、異質のものであっても、それと共存することを認めるという特別の働きがあります。

さらには、自己と非自己を決定するのも免疫の役割です。非自己ということを判断するためには、自己のアイデンティティがはっきり確立されていなければなりません。言い換えれば、免疫とは、自分は誰か、ということを決める働きをしている。そうなると、脳よりもむしろ免疫が、その人間にとって大事な働きをしている、とさえいえるかもしれません。その免疫の中心的な働きをしているのが胸腺だ、ということなのです。

それが、十代後半から衰えていく。考えてみれば、老いというのは、じつはそこから始まっているわけです。三十歳をすぎて中年になり、四十歳から老いるのではなく、十代の終わりから老いは始まっているのです。

そう考えると、若さを保つために奔走してもしかたがないのではないか、という気がしてきませんか。

それでも、老いていくことが不安でたまらない、という人はいるでしょう。ぼくは、若さを失っていくと考えずに、エージングであり、年輪を重ねることだ、と考えたらいいと思います。年輪を重ねていくことはプラスだと考えるのです。

いまは、大人の女性たちが、若い恰好をしても不自然ではないと見られたい、と望んでいる。そうではなくて、逆に若い人が絶対にできないような恰好をするという方向へは、どうしていけないのか。大人は若い人にジェラシーを感じさせるべきでしょう。あの年にならなければ、とてもあの着こなしはできないなあ、とため息をつかせればいいのです。

自分たちのカルチャーなりファッションなりを確立することを、いま、一人ひとりが真剣に考えるべきだと思います。

たとえば、身のこなし、ものの言いかた、食事のしかたから、いろいろなアートに対する選択のしかたなど。

そうすれば、あの年齢にならなければああいうバッグも持てないし、ああいう恰好も似合わないんだな、と若い人たちが憧れるようになる。そして、年輪を重ねていくということは素敵なことだな、あんなふうに自分も早く大人になって大人っぽい服を着てみたい、と。

こういうふうに、若さ志向とは逆の流れも出てくることを期待したいのです。それが、真に魅力的な社会をつくっていくのではないでしょうか。

最近の歌の世界を見ていてもそれを感じます。テレビなどによく出てくるのは、十代の中学生たち。先日も八歳の子が登場して、上手に歌っていました。その子が上手なことは認めます。ただし、そんなふうに、若いとか幼いことがもてはやされる一方なので、日本では歌い手が成熟しなくなる。

海外に目を向けると、フリオ・イグレシアスのように若いころは単なる二枚目のアイドルだった歌手が、年配になるとじっくりいい味を出して、大人のバラードを歌ったりします。あるいは、亡くなったフランク・シナトラみたいな歌い手もいました。ディートリッヒも、ゲンズブールもそうです。日本では、五十代や六十代になった歌い手が、彼らのような歌い手に成熟していくことはありえない。どうしても、そんな気がしてしまうのです。

ちょっといいなと思っていた歌い手がいても、年を重ねていくにつれて、ものすごく若ぶってみたり、コメディをやって笑いを取るような出かたしかない。それで、辛うじて現役を維持しているのを見ていると、残念な気がしてしかたがありません。

ぼくは、若いころからアルゼンチンのフォルクローレ歌手のアタウアルパ・ユパンキという人が好きでした。あるときレコード会社の人が、「五木さんはユパンキがお好きだそうですね」と言って、ユパンキの若いころの歌を持ってきてくれました。

それを聴いてみると、すばらしい美声でじつに若わかしい歌いかたでした。ところが、ぼくが受けた正直な歌の印象は全然よくなかったのです。五十歳をすぎてからのユパンキの、なんともいえない渋さや、人生の厚みを感じさせるしゃがれ声というものが、彼の若いころの歌にはない。ぼくはユパンキのその渋さやしゃがれ声に魅力を感じていたのです。

年を取ると、若いときの張りとか艶《つや》とか、そういうものは失われていく。しかし、年輪を重ねていくことで、それを補ってあまりあるものが生まれてくる、あるいはそれよりもはるかに魅力的なものが生まれてくる可能性があるわけです。

そのあたりは、大人の責任でもあるでしょう。ほかならぬ大人たちが、一方的に若さにこだわり、若さが失われていくのを不安に思っているわけですから。

さっきの胸腺の話を思い出して、若さなどはすでに十代の終わりから失われつつあるのだ、と認識すべきなのです。そういうしっかりした認識のうえに、成熟の道を歩んでいけばいいのではないでしょうか。

物忘れする人は柔軟な内面の持ち主

たしかに、若さが失われるということは、肉体的にはいろいろな問題が出てきます。たとえば、ひざが痛んだりもする。それは、筋肉が衰えて骨に負担がかかるために出てくる痛みであり、老人性疾患の一種でしょう。

ぼく自身、少し前からグラスを持ったり何かを持ったりすると、手が震えるという感じがある。どうしたのだろう、何か内的な異常でもあるのだろうかと思って、知り合いの医者に相談してみました。

すると、即座に「ああ、それは単なる筋肉の老化でしょう」と言われました。「ちょっとトレーニングして筋力をアップすれば消えますすよ」ということなのです。

そういうことは、年を取るにつれていくらでも出てきます。

そうした場合に、前にも書いたように、スポーツジムに通ったり、強迫観念《きょうはくかんねん》に駆られたように毎朝ジョギングしたりする人もいます。

けれども、ぼくは老化した筋肉を補うために、体力をつけるということは考えません。あるいは、エステティックサロンへ通ったり、メークを工夫するとか、そういう外面的なことも考えません。外面的なものよりも、むしろ内面的なもので魅力的に年輪を重ねていくしか、道はありません。そうすることしかないと思うからです。

いま、〈こころの時代〉だと言われています。その意味では、結局、大人は若い世代に見えない部分で差をつけるということしかないのではないか。

くり返しますが、若さが失われていくのではなく、年輪が増えていくと考えればいい。肉体的な衰えと反比例して、精神的な内面は充実していくのだと考えたい。

年を取ってくると、肉体的な衰えと同時に、記憶力などもかなり衰えます。物忘れというのは誰にでも起こる。自分でも経験しているのでよくわかりますが、年を取ると固有名詞などは、思い出したくても全然出てこなくなります。

思い出したいことがすっと出てこないのは、気持ちが悪い。落ち着かない。腹立たしい。周囲の人にも笑われる。固有名詞だけではなくて、スケジュールを忘れる。人名などはなかなか思い出せない。

しかし、ぼくは物忘れがひどくなったことを、そんなには気にしていません。固有名詞などが出てこなくなるということは、新しい固有名詞がどんどん頭のなかにはいり込んでしまっているからだ、と考えるようにしているのです。一定の容量の固有名詞の引き出しのなかに、新しいものが次々にはいってくると、古い語彙《ごい》が押し出されていく、というふうに考えればいい。

新しい語彙がはいっているのだから、押し出された古い語彙が消えていくのはしかたがないことでしょう。むしろ、物忘れをしない人は、新しい語彙がはいってこないからだ、と考えればいいのです。

むかしの文豪などの名前も思い出さなくなってくる。友人の名前も忘れる。それは、むしろ古い池がよどんでいるのではなく、川の水が流れるような状態だからだと思えばいい。頭のなかを、情報の川が流れているのです。

しょっちゅう物忘れをする人は、新しい情報がどんどんはいっているのです。医学では、簡単に言えば、脳の末端の梗塞《こうそく》が進んでいると見るかもしれませんが、ぼくはそうは思いません。物忘れはどんどんするべきです。物忘れをする人は、どんどん古い情報が押し出されて、新しい情報が頭に詰め込まれている人なのですから。

そうすると、物忘れをする人は、それだけ柔軟な内面がある人だといえるかもしれません。もちろん、年を取ってから、脳の容量自体を増やしていくことはなかなかむずかしいでしょう。それでも、コンパクトに整理をすることはできるのではないか。いまの二倍とか四倍とか、いやもっとたくさんの容量が、年を取ってもはいる余地はあるのではないでしょうか。

一時期、部屋のなかにCDが散らかって、床の上を爪先だって歩くような状態になっていました。それを、CDラックを買って組み立てて、壁際にCDをずらっと並べてみたところ、あっという間に足元に空間ができたのです。そのとき、CDとはこんなにコンパクトに収まるものなのか、と感心しました。

頭のなかにぎちぎちに詰まっているような記憶を、ある程度、体系づけて整理して詰め込んでいけば、まだまだ空間ができるかもしれません。こんなふうにも考えますと、やはり内面の充実が大事だ、ということに尽きるという気がします。

言い古されてきたことですが、若さを保つということは、外面ではなくてその人の内面を豊かにしていくことなのです。ぼくは、肉体的に若さを追いかけることはやめよう、成熟した人間の魅力をつくり上げることに楽しみをみつけたい、と思っているのです。

少なくとも、老いていくことを不安に考えることはありません。若さが失われるというのは、年輪が増えていくことだと考える。筋力の低下も、筋力以外のものを増やしていこう、というサインに違いありません。

物忘れも、まだ新しい情報がどんどんはいってきている証拠です。それがはいってくるからこそ、頭のなかを川が流れているのだと考えればいい。

ぼくは、物忘れの力、老化の力というものを信頼して生きていこう、とあらためて思うのです。

4 真に頼るものが持てない不安

信じるものを持つことの強さ

不安というのは人によって違います。また、その時代によっても違います。もう百年も前になりますが、一九〇三年五月、一高生の藤村操《ふじむらみさお》が、華厳《けごん》の滝に身を投げて自殺を遂げました。これは当時、社会に大きな波紋をひろげ、新聞でも大きく取り上げられました。というのは、彼が遺書のなかで哲学的問題に触れて、一切のものは「不可解」だ、というような言葉を遺していたからです。彼の死は、日本における最初の哲学的自殺として論じられたのでした。

もっとも、彼の学友たちによれば、自殺の本当の原因は失恋だったとも言われています。彼が死を選んだのは、そのショックが直接の引き金になったのかもしれませんが、「不安」という時代の気分にも影響されたのかもしれません。一九〇三年という年は、日露戦争が始まる前年です。当時、大国ロシアとの戦争が避けられないものになるにしたがって、日本全体が重苦しい不安な気分に包まれていました。

もうひとつ不安という言葉で思い出すのは、芥川龍之介《あくたがわりゅうのすけ》の死です。彼は一九二七年七月に三十五歳で自殺しています。遺書には、自殺の動機として「ぼんやりした不安」という有名な言葉が記されていました。文壇《ぶんだん》の第一線で活躍する作家が「不安」が原因で自殺したことは、当時の人びとに大きな衝撃を与えました。

芥川龍之介の不安というのは、おそらく健康上の問題が大きかったのだろうと思います。しかし、昭和初期という時代背景も、彼の不安を増大させたことは間違いないでしょう。

この年は、未曾有の金融恐慌《きょうこう》がはじまった年であり、その後、恐慌がつづき、軍部の勢力が増大していきます。そして、日本は満州事変から日中戦争、太平洋戦争へと悪夢のような暗い時代へ突入していくことになる。

さて、ぼくが生まれたのは一九三二年です。その三年前の一九二九年には、ニューヨークのウォール街で株式が大暴落して、世界大恐慌が起こっています。日本は深刻な不況で、その年の流行語は「大学は出たけれど」です。これは、この年に公開されてヒットした小津安二郎《おづやすじろう》監督の映画のタイトルでした。

大学を出ても就職口がなかったのです。そのため、就職浪人が街じゅうにあふれました。現在も就職難だと言われていますが、当時のひどさの比ではありません。

さらに「昭和恐慌」が起こり、一九三二年にはますます不景気が悪化します。人びとの暮らしもさらに深刻な状況になっていく。その年の流行語は「生れてはみたけれど」でした。これも、小津安二郎監督の映画のタイトルです。

つまり、ぼくが生まれたのは、世の中全体が不安に満ち満ちているようなたいへんな年だったのです。そう考えると、「何が不安なのか」というのは、どこに水準を置いて、どういう暮らしを人間らしいと判断するかによって、大幅に変わってくるような気がします。

少なくとも、いまの若い人たちには、青春のいちばん楽しい時期に徴兵されて兵役に服さなければならないという不安はない。また、第二次世界大戦下でのユダヤ人たちのように、強制収容所へ送りこまれるという不安もない。カンボジアの人びとのように、道を歩いていて、地雷を踏んで足が吹き飛ばされるようなひどい状況でもない。

生活水準を考えても、一九四五年前後の日本の悲惨な状態、今日食べるものもないという状況を考えれば、いまは飢え死するという不安はほとんどありません。しかし、そういうものとは違う不安、生きていくうえで、これでいいのだろうか、という漠然とした不安を感じている日本人が多いようです。

それは、言葉にするなら〈真に頼るものが持てない〉不安です。〈こころの拠《よ》りどころを持たない〉不安、とも言えるでしょう。ある意味では、これは、現在の日本人すべてがぼんやりと感じていることかもしれません。

日本の近代というのは、江戸時代の鎖国政策から百八十度転換して、外から新しい文化を受け入れることで成り立ってきました。サムライはちょんまげを切り、差していた大小二本の刀を捨てて、洋服に着替えて、靴をはいた。あらゆる分野に、進んだ西洋の文化を導入していったのです。

しかし、これはじつに大転換であり、大変な改革でした。それまで日本人がやってきたシステムをほとんど全部捨て去って、新しいことを一からはじめるわけです。当時は、キリスト教を国教にとか、ローマ字を日本語に、という議論さえあったほどです。

日本にはじめて創立された音楽学校には、邦楽科というものはありませんでした。それは、日本の伝統的なものはだめで、西洋のものがすべて優れている、という考えかたに支配されていたからです。

建築もそうです。ぼくは、いまの日本の大都市の街並みを美しいとは思いません。でも、地方の古い民家が残っている町へ行くと、その街並みのたたずまいは美しく見えます。それは、むかしの和風建築の伝統を守っていくことで、それぞれの家の様式が保たれて、ある水準を維持することができたからだろうと思います。

それに対して、東京などでは、西洋の建築を採り入れて自己流にアレンジした洋風建築が多い。西洋建築を百パーセント模倣《もほう》した明治期の赤れんがなどの建物は、まだ見られるのです。けれども、結局、その後に出現した洋風建築というのは、イミテーションにすぎません。そのため、ちぐはぐで、なんとも雑然たる街並みになってしまった。

坂口安吾《さかぐちあんご》は、雑然の美や猥雑《わいざつ》の美もあると言っています。ぼくはそれは認めます。

しかし、その上で、やはりきちんとした本流がなければ、パロディはおもしろくないという気がするのです。

宗教というか、宗教的感覚のようなものもそうです。かつての日本人のこころのなかには、「天」という考えかたがありました。むかしは、「天罰」とか「天は黙っていない」とか「天に背《そむ》いて」とよく言いました。これは、目に見えない大きなものの存在を認めていたのです。しかし、そうした考えかたを明治以来の日本人はなくしてしまいました。

といって、開国後、すべての日本人がキリスト教徒に改宗したかといえば、そんなことはありませんでした。なかには、『余は如何にして基督信徒《きりすとしんと》となりし乎《か》』という本を書いた内村鑑三《うちむらかんぞう》のような人もいます。新渡戸稲造《にとべいなぞう》もそうですし、同志社大学創立者の新島襄《にいじまじょう》も熱心なキリスト教の信者でした。

しかし、日本では、フランシスコ・ザビエルの布教以来、四百五十年あまりも経っているにもかかわらず、信者の数は相変わらず日本人の人口の一パーセント強、百数十万人にすぎないと聞きます。一方、お隣の韓国では、キリスト教徒が急速に増えて、信者の数も一千万人以上とされ、実際にはもっと多いと言われています。

それでいて、日本人はキリスト教が大好きで、若い人は結婚式を教会で挙げたがりますし、毎年クリスマスを盛大に祝っている。にもかかわらず、キリスト教の信者が増えないのはなぜでしょうか。

日本には「八百万《やおよろず》の神々」がいて、日本人は長年「神も仏も」でやってきました。家のなかには仏壇《ぶつだん》と神棚《かみだな》が共存し、大みそかには寺で除夜の鐘をつき、一夜明けて新年になれば神社に初詣に出かける。

このように、仏教と神道を両方信じてきた日本人は、宗教に対する寛容さというものを自然に持っています。

対照的に、一神教であるキリスト教では一般的に異教の神を認めていません。ブッシュ米大統領がイラク戦争を始める前に、不用意に「十字軍」という言葉をもちいて問題になりました。ぼくは、ブッシュ大統領がすすめている行動は、まさにキリスト教原理主義に基づいた十字軍的なもののような気がしてなりません。

実際のキリスト教というのは、もっと柔軟なものです。「汝《なんじ》の敵を愛せよ」といい、「人は正邪を裁いてはいけない」という。しかし、原理主義というのは、一見、原理原則を大事にしているようで、人間的ではないところがある。

自分の信じるものを持っている人間には、ある意味で強さがある。それは、自分の行いを使命《ミッション》だと信じて行動できるからです。このように、見えない物差しを持っているか、持っていないかということは、非常に大きいのです。

日本人はどうでしょうか。「あなたの宗教はなんですか」と尋ねられると、「無宗教です」と答える日本人がかなりいます。

これは、いわゆる国際社会では通用しないことです。「無宗教」ということは、目に見えない偉大な何かを信じていない人間だというのと等しいわけで、むしろ不気味な存在だと思われる。

もし、宗教を尋ねられたら、年に一度お盆に墓参りをする程度でも、「私はブッディスト（仏教徒）です」と答えればいい。神社の交通安全のお守りを持っているなら、「私は神道です」でいいわけです。気功をやっている人なら「タオイスト（道教の信者）です」と答えればいい。

ところが、「特別に信じているものはありません」と言うから、怪しげな「エコノミック・アニマル」だと見られてしまうわけです。エコノミック・アニマルというのは、単に打算で動く人間ということではなく、自分の信じる世界、見えない信仰の世界を持たない人間、という意味にほかなりません。

どうも、ぼくら日本人は、宗教というと危険なものであるかのような幻想を持ってしまうようです。とくに、オウム真理教や法の華の問題が社会を騒がせたことで、ますます宗教は危険だ、近づかないほうがいい、という感覚を持つ人が増えました。けれども、〈真に頼るものが持てない〉不安というのは、宗教を持たない日本人、という問題抜きには考えられない気がするのです。

宗教という見えない世界の意味

「犀《さい》のごとく独りゆけ」という言葉があります。しかしそのような場合でも、やはり人間は百パーセント孤独では、生きていけないだろうと思うところがあります。

目に見えないけれども、誰かが見ていてくれる、誰かの声が聞こえる、という感覚があるからこそ独りで行ける。四国八十八カ所のお遍路の人たちも、弘法大師《こうぼうだいし》と二人連れという感覚があるから、耐えて歩きつづけられるのでしょう。じつは、それが宗教というものなのです。

ぼくは、世の中にとって宗教というのは具体的に役に立つものではあるまい、と思っています。宗教とは、世の中のプラスになるものではなく、一見、マイナスの働きをするものではないのか。

経済というものは社会のエンジンでありアクセルである。つまり加速する力です。それに対して、政治はハンドルだと思うのです。ステアリングをきってカーブを曲がり、方向を決めていくのが政治です。

それに対して宗教はどんな力か。ぼくは、宗教は一種のブレーキだと思ってきました。

経済がアクセルで、政治がハンドルだとすると、宗教はブレーキです。ブレーキというのはスピードを止めるものです。どんどん前年比で加速していこうとする社会に対して、減速させようとする。ですから、社会において宗教はマイナスの働きをするのです。

しかし、アクセルを踏みっぱなしの経済は、バブルが破綻《はたん》した後はどうなったでしょうか。ブレーキのついていない車は、加速をつづけていけば、どこかでひっくり返るに決まっています。ぼくらはみんな、ブレーキなしの車には怖くて乗れません。

また、宗教は道徳とは違います。電車のなかでは高齢者に席を譲るとか、そういうことは宗教ではなく、道徳のテーマです。道徳というのは、具体的に世の中の役に立つものでしょう。それに対して、宗教というのは一見無用に見えるものです。しかし、長い目で見ていくと、いつかどこかで人間に対してプラスになっている。それが宗教だと思います。

宗教はブレーキです。もし、人間の欲望というものをほったらかしにしておいたら、物欲も金銭欲も出世欲も無制限に加速していく。その挙げ句には、破滅が待っているだけです。その限りない欲望に、ここまでしてはまずいと思わせるものは、やはりぼくは宗教の力だと思います。やはり、ぼくらは宗教というブレーキを持っていなければいけない。

日本のビジネスマンのなかで、目に見えない力の存在を意識して仕事をしている人はどれくらいいるでしょうか。一方、欧米の経済理論の背景には、つねに神という見えない存在があります。

アダム・スミスの『国富論』は、十九世紀以降の自由主義時代に世界の経済政策の基調になりました。そこには、もし自由競争が極端に行きすぎてしまって、バランスを崩しそうなときには、インヴィジブル・ハンド・オブ・ゴッド（見えざる神の御手）が必ずそれを元へ戻してくれる、という考えかたがあります。

つまり、神への信頼があるからこそ、自由競争というものが成り立つ。競争の経済のことを市場原理と言いますが、それは神が、弱肉強食の修羅《しゅら》の巷にはならないことを保証しているのです。少なくとも、資本主義の背後には神という考えかたがある。それがあるからこそ、自由競争、市場原理というものが具体的に社会へ適用されるのです。

ヨーロッパやアメリカの人びとのなかにも無神論者もいるでしょうし、汎神論者《はんしんろんしゃ》もいるでしょう。それでも、彼らはキリスト教の神を意識せずにはいられませんし、形だけでも、やはりキリスト教国の人間なのです。

アメリカ人でも、最近では教会へ行くことが少なくなっているそうです。けれども、つねにゴッド（神）という言葉は出てくる。大統領に選ばれれば、聖書の上に手を載せて誓いを立てて就任する。スポーツ選手も、試合に勝ったときは神に感謝をする。裁判では、喚問された証人が神に対して嘘をつかないことを宣誓し、ドル紙幣には「我々の信じる神のもとで《IN GOD WE TRUST》」という文字が印刷されている。

そして、もちろん、今回のイラク戦争にも多くの牧師が従軍しています。この戦いは正義の戦いである、神もこれを認めてくださるだろう、と牧師が言ってくれるからこそ、兵士たちは銃の引き金をひけるのです。

こんなふうに考えると、宗教というのは国際ビジネスのうえでも、日本人にとっての大きな問題だと言えるでしょう。

宗教を持っている国のビジネスマンと、宗教などは邪魔なもので、できるだけ持たないほうが安全だと考えている日本のビジネスマンが向き合う。向こうは、神への使命《ミッション》という強いものを背負っている。そして、神が認めた自由競争という市場原理、資本主義の原則のなかで自分は動いている、という信念を持っている。日本人は持っているでしょうか。

また、日本人は、日本企業が破綻《はたん》して欧米の企業に安く買収されると、強欲なビジネスだと感じます。また、「ハゲタカ・ファンド」などという言葉を使います。けれども、彼らのほうでは、ハゲタカのように強欲だなどとは少しも思っていません。彼らは、神の意志のもとで市場原理を貫徹しているだけなのです。

日産自動車のカルロス・ゴーンさんは、大規模なリストラを実行したことで話題になりました。日本人経営者では、あれほど大胆な改革はたぶんできなかったことでしょう。そのゴーンさんも熱心なカトリック教徒だということです。おそらく、彼は日本に乗り込んできたとき、この困難な使命《ミッション》が自分に与えられたのは神の意志である、と考えたに違いありません。

ですから、いくら非難を浴びようと、自信をもって工場を閉鎖して従業員を大量に解雇したのではないでしょうか。絶対に日産を建て直す、という彼の信念は信仰に支えられて揺らがなかったのです。そして、彼は四年間で過激に日産を再生させました。

やはり、国際的なビジネスを対等な立場でやっていくためには、自分なりの天とか、神とか、仏とか、見えないものへの信頼を持っているべきではないでしょうか。できれば、それをひとつの信仰として持っていることが不可欠だろう、という気がしてなりません。

そうすれば、もし周りの人たちがすべて去って行っても、神はつねに自分とともにある、と思える人もいるでしょう。他人から裏切り者だと言われたり、のけ者にされたりしても、天は真実を知っている、自分は正しい道を歩んでいるのだ、と勇気を得られるかもしれません。孤独に強くなれるのは、そういうものを持った人だろうと思います。

聖徳太子《しょうとくたいし》は亡くなったとき、「世間虚仮《せけんこけ》、唯仏是真《ゆいぶつぜしん》」という言葉をのこしました。

聖徳太子は伝説の多い人物です。でも、この言葉だけは間違いなく太子が発した言葉だ、と教わった記憶があります。

「世間《よのなか》は虚仮《むなし》なり、唯仏《ただほとけ》のみ是れ真《まこと》なり」

この言葉は、聖徳太子の妃の橘大郎女《たちばなのおおいらつめ》が太子の死を悲しんでつくったとされる「天寿国繡帳《てんじゅこくしゅうちょう》」の銘文《めいぶん》に書かれています。

あれほどの高い地位にあった聖徳太子でも、この世は虚《むな》しいものだ、と深いため息とともに述べざるをえなかった。そして、ただ見えない仏の理想の世界だけが真実なのだ、と彼は千四百年も前に宣言しているのです。

目に見えるこの世は虚しいものだ、という感覚。それは、聖徳太子の時代から現在にいたるまでほとんど同じではないでしょうか。世間というのは強欲であり、非合理であり、不条理なものなのです。もし、そうではないものを求めるとしたならば、この世ではなく、違った世界にそれを求めるしかありません。

トーマス・モアが『ユートピア』という小説を書いています。このユートピアという言葉は、理想と正義の実現する夢の国を意味しています。と同時に、もうひとつの意味は、現実には絶対に存在しえない国、という意味だといわれています。

司馬遼太郎《しばりょうたろう》さんの『坂の上の雲』というタイトルを、ぼくは傑作だと思います。この小説は、明治三十年代の日露戦争の時代の日本の青年群像を描いたものでした。ただし、ぼくはこのタイトルに、明治の昂揚《こうよう》したイメージとは裏腹《うらはら》に、非常にシニカルなものがちらついているのを感じるのです。

坂の上の雲を目指して必死の思いで近代化を進めてきて、日本は東洋の頂点に立とうとする。しかし、坂のてっぺんに立った瞬間に雲はつかめたか。そうではない。雲はさらにはるか山のかなたにたなびいているだけです。『坂の上の花』とか『坂の上の果実』なら、ごぼう抜きに他の諸国を追い抜いて頂点に立てば、手につかむことができるでしょう。けれども、雲は絶対につかめないのです。

『坂の上の雲』という言葉からは、「永遠につかめない目標」という感覚さえ感じてしまう。明治以来の日本人は、決してつかむことができない目標を目指して追いかけつづけてきた。司馬さんは、そのことがよくわかっていたにちがいありません。だから、このタイトルをつけたのではないでしょうか。

戦後、日本はアメリカに追いつけ追い越せでつっ走ってきて、急速な経済成長をとげました。バブル経済の最盛期には、アメリカのシンボルと言われていたロックフェラー・ビルさえ日本企業が買収して、アメリカ国民の顰蹙《ひんしゅく》を買いました。日本はあのタイムズ・スクエアまで買い占めるのではないか、と噂されたほどです。しかし、そうした夢は、文字通り泡《バブル》のように消えてしまいました。それは、やはり『坂の上の雲』にすぎなかったのです。

急速な近代化のなかで、明治の作家である夏目漱石《なつめそうせき》は、日本人は西洋の猿まねをして上滑りしている、ということを言っています。それがわかっていながら、しかし、そうせざるをえないのだ、という漱石の苦渋も伝わってきます。

漱石は官費でイギリスに留学して文学を学びました。その結果、彼は西洋の文学を応用して日本で小説を書くことは不可能だと感じる。結局、彼が帰国して書いたのは『草枕』のような一種の東洋的な小説です。そして、漱石は、西洋文学とは異なる独特の小説世界をつくり上げていきました。

ぼくは漱石が考えたことは正しいし、その通りだと思います。

たとえば、イギリスの古典的な小説などには、三人称（彼、彼女）あるいは多人称の名詞が出てくる作品が多い。そして一人称（私）の私小説ではないそういう全体小説を、ぼくらは簡単に〈神の視点〉と呼んでいます。しかしその神という言葉は、一種のたとえ話のようなものとして受け取られているにすぎません。

しかし、そうではなく、本当に〈神の視点〉という宗教的な意味なのではないか。つまり、Aの人間も、Bの人間も、Cの人間も、手に取るようにそのこころの内側を描写できるということ。それは本来、神のみがなしえることなのであって、人間の業《わざ》ではない。

それを、作家は傲慢《ごうまん》にも〈神の視点〉に立って物語をつくろうとする。それは、天も恐れぬ作業なのです。その作業をあえてすることへの、ものすごい畏《おそ》れと不安と、あえて神を冒瀆《ぼうとく》する勇気がなければ、〈神の視点〉を採用する小説など書けません。

漱石がイギリス文学を模倣《もほう》して、日本で小説を書くことはできないと思ったのは、そのためだと思います。西洋には背後に神という概念があり、そういう社会と読者と作家の緊張関係のなかで小説が成り立っているからです。

ロシア文学もそうです。明治以来、日本人はドストエフスキーとかトルストイとかツルゲーネフとか、さまざまなロシア文学を愛読してきました。

日本人はドストエフスキーやトルストイの小説の技法や構造、人物描写、人間心理の洞察の深さなどに感心して、偉大な文学だと評価してきました。けれども、じつは、いちばん大事な神の概念ということを抜きにして読んできたのではないでしょうか。

ドストエフスキーやトルストイの作品からロシア正教的な神という概念を外して、それは絶対に成り立ちません。もし、『罪と罰』からロシア正教というテーマを外したらどうなるか。何のことはない、単なるミステリーになってしまう。じつは、日本人の知識人は知っていて知らんぷりをして、そういうものを自分流に理解してきたのかもしれません。

無魂洋才から新しい和魂の時代へ

このように、あらゆる西洋文明の背後には宗教というものが存在しています。しかし、日本人はそれを故意に認めまいとしてきました。経済にしても、政治にしても、文学にしても、自動車にしても、洋服にしても、何にしてもそうやって受け入れてきたのです。

明治以来、日本人は西洋の進んだ文化や技術やシステムだけを採り入れようとしました。西洋の魂は受け入れず、こころは日本人でいこうとした。そして、「和魂洋才」という言葉を考えついたわけです。これは非常に便利な考えかたでした。

しかし、よく考えてみれば、洋才には洋魂というものがある。洋魂なき洋才というのは意味がないのです。

それは、ドストエフスキーを単に小説技法の天才だと言ったり、バッハやモーツァルトを作曲上の対位法的な個性が素晴らしいとか、和声の天才的な作曲家だとか言うのと同じ。その背後にはもっと深いものがある。ドストエフスキーやバッハやモーツァルトの魂がある。じつは、それがその文学なり音楽なりの生命なのです。

　日本人はそれにふたをして、できるだけ見ないようにしてきた。気づいていないわけはありません。でも、気づいたら絶望的にならざるをえない。というのは、欧米の文明を輸入したら、魂も欧米人の魂に取り替えなければならなくなるからです。しかし、それはできない。その矛盾《むじゅん》というものを、ずっとひきずってきているのだと思います。

　日本人はとりあえず、洋魂はシャットアウトして、和魂でやろうとしてきました。明治以来、国家神道、あるいは天皇を神と同一視する天皇教というものを和魂としてやってきたわけです。

　しかし、それが無惨に破綻した結果、国家神道も天皇教もだめだということになる。しかたがないので、戦後は「無魂洋才」でやっていくことにした。そのシステムはうまくいきました。それは少しも不思議ではありません。魂を宗教のことだと考えれば、前に述べたように、それはブレーキとなるからです。

ブレーキなき車は暴走します。戦後の復興から経済大国への道は、日本が「無魂洋才」でブレーキを持たずに突っ走った結果でした。そして、一九九〇年代初めにバブルが崩壊し、ついにひっくり返ってしまったということなのです。

もちろん、日本の戦後の経済的繁栄は、ほかにもいろいろ理由はあったでしょう。けれども、ぼくは魂というブレーキを外して走ったという身軽さが、その主な理由だと思う。「無魂洋才」でやってきたことのアドバンテージが、日本経済を発展させてきたのです。

才だけを採り入れようとしてきたのが、明治以来の百数十年の歴史だった。そして、魂なき才というものはだめだということに、いま日本人はやっと気づきはじめているのかもしれません。

日本人の不安の根源には、そのように魂なき才というものにすがってきた近代化に対する不安感が横たわっているような気がします。

それは、民族としての不安感であり、国家としての不安感でもあるでしょう。魂を持たない、宗教を持たないということは、アイデンティティが見つからないということにもつながります。日本人はそのことを、根底的に考え直さなければならない時期に来ているのではないでしょうか。

かといって、考え直したところで、どうにもならないのかもしれません。キリスト教徒になるわけにはいかず、といってイスラム教徒になるわけにもいかないでしょう。

少し前から、若者たちが髪の毛を金髪に染め、英会話スクールに通って、流行歌はほとんどが英語の名前のグループで、英語の歌詞を歌うという風潮があります。これは、日本人でいたくない、できればアメリカ人になりたいという願望の表れだろう、とぼくはずっと感じていました。

これは、日本だけの傾向ではありません。世界各国にマクドナルドやディズニーランドが進出し、アメリカの人気歌手のＣＤが世界中で売れ、ハリウッド映画が席《せっ》巻《けん》している。グローバリゼーションの時代といいながら、ソ連崩壊後はアメリカという超大国一国の文化が世界を支配する形になっています。英語はいまや世界共通語のようになっていますし、カルチャーの面ではアメリカ化、アメリカナイゼーシヨンがかなり進んでいます。

とはいっても、それに代わる新しい和魂というものが見つからない限り、魂を持たないという日本人の不安はなくなりません。

そうしたなかで、たとえば仏教や、神道というものは、日本人が抱えた不安に対するひとつの回答としてありうるかもしれない、とぼくは思っています。

アメリカやヨーロッパのキリスト教的文化の世界では、人間以外のものには宗教の光は届きません。彼らにとって、動物や植物や森林や山や海や川は、すべて人間のために存在するものなのです。

キリスト教の立場で環境問題を論じる場合も、同じことがいえます。これ以上地球の自然を破壊すると、人間の生活そのものが危うくなってくる。オゾンホールも温暖化も人間にとって大問題だ。だから、これ以上は自然破壊をしてはいけない、森の木を伐《き》ったり海を汚してはいけないということになる。

それに対して、東洋の宗教である仏教や神道では、自然界のあらゆるものに命がある、と考えます。つまり、人間と同じように動物にも虫にも海にもすべてのものには命がある。他者の命を奪ってはいけないから大事にしよう、汚染してはいけない、ということなのです。

環境問題について考えるとき、これがもっとも現代的な思想ではないでしょうか。日本人にはむかしから自然崇拝《アニミズム》という感覚があります。いまでも、山を神聖なものとして信仰したり、樹木や岩の裂け目に注連縄《しめなわ》を張って拝んだり、日の出に向かって柏手を打ったりする。しかし、こうした信仰はおくれたものであり、土俗的なものだ、と頭から切り捨てられてきました。

けれども、ぼくはむしろそうしたもののなかに、二十世紀に行き詰まった現代宗教の壁を超えるものがひそんでいるのではないか、という気がしています。

そして、もうひとつは日本の宗教の寛容《トレランス》さ、ということです。日本では外から異質なものが入ってきたときに、その土地の土着のものと対立したり、他を拒絶したりせずに、共存して根をおろしていくケースが多い。

いま、世界にはキリスト教とかイスラム教とか仏教とかヒンドゥー教とか、さまざまな宗教があります。それとは別に、ぼくは二十一世紀の宗教のあるべき姿というものを、頭のなかで考えている。

二十一世紀の宗教のあるべき姿というのは、はたしてどういうものでしょうか。非常にあいまいな言いかたですが、それはやはり寛容《トレランス》というものを認める宗教だろうと思います。多神教の世界、といっていいのかもしれません。

キリスト教にはキリスト教の神がいます。イスラム教にはイスラム教の神がいます。仏教には仏教のさまざまな仏がいます。それぞれの宗教にそれぞれの神が存在してもいい、というふうに考えなければ、民族と宗教の対立は必ず続くでしょう。

宗教の区別というのは、原理主義的に厳しくしないほうがいいと思うのです。かつての「十字軍」は、簡単に言えば「異教徒征伐《せいばつ》」でした。これは、キリスト教徒以外をすべて敵とするという考えかたです。自分たちの神を信じる一方で、それを信じない者たちを異端として攻撃する。そういう考えかたがずいぶん長く続きました。

それに対して、日本では神仏習合《しんぶつしゅうごう》といって、神道と仏教が同居しています。それだけでなく、キリスト教も、道教も、儒教も、という具合で、日本人は多くの異質な神を認めてきました。しかし、それは原始的で野蛮な宗教環境だ、神仏習合《シンクレティズム》というおくれた姿勢だと言われ続けてきた。日本人自身もそのことを、こころのなかで不安に思っていたのです。

ぼくはむしろ、こうした日本人の神仏習合《シンクレティズム》や自然崇拝《アニミズム》という感覚こそ大事にすべきだと考えています。日本人の宗教観のあいまいさは、寛容さなのです。日本人の神仏習合《シンクレティズム》や自然崇拝《アニミズム》のなかに、二十一世紀の宗教や民族の対立を乗り越える大きな可能性を見いだせるのではないでしょうか。

いま〈真に頼るものが持てない〉不安を感じている人は、もっと不安になればいいと思います。不安になって、いったい自分は何に頼れるのか、と考える。そのとき、見えない何かへの信頼感、あるいはそれに対する畏れというものが生まれてくるかもしれない。そんな気もしています。

ぼくはあえてそれを宗教とは言いません。でも、そういう感覚を持つことが、ある意味では信仰の芽となる可能性がある。不安の芽を摘むのではなくて、不安の芽を育てていく。そうすることによって、もうひとつの世界、見えない世界というものに近づくことができるかもしれない、と思うのです。

そういう感覚を自分で実感できるようになったとき、新しい宗教感覚が芽ばえるのではないか。そのとき、不安というものは、むしろ新しい価値観を探す大きな入り口になるのかもしれません。

5 時代にとり残されることへの不安

パソコンを使えないと落伍者になるのか

編集者と打ち合わせをしていたときに、さりげなくこんなことを言われました。

「五木さんはパソコンをお使いにならないのですか？　いまでは手書きの作家は数えるほどになってしまいましたよ」

ぼくはパソコンを使いません。文章は原稿用紙にペンで書きます。それが、いちばん自分の体に合っているからです。電子データで原稿をいただけると、その後の処理が速く済むのですけど、と編集者は巧妙に誘いをかけます。正直に言うと、この誘いにはちょっとところを動かされます。

原稿を渡してからの処理が速い、ということは、原稿の締め切りに余裕ができる、ということです。原稿の締め切りに余裕ができる、と思っただけで気分が楽になります。

しかし、長年の経験から締め切りはどんなに先のばしにしても必ずやってくる、とわかっています。締め切りがやってきたときに、切羽《せっぱ》つまった状態で原稿を書いている、ということも。それに、電子データは便利だけれど、時々、事故もあると聞いています。

電子データの特徴は、コピーをしたり、編集したり、転送したり、といった作業がじつに簡単にできることだそうです。紙に書かれた原稿や印刷物とは、その点がまったく異なります。

データの処理が簡便にできなければ、パソコンで原稿を書く利点はほとんどないのです。

しかし、この処理の簡便さは、両刃《もろは》の剣です。

処理のひとつに、消去があります。データを消すのもじつに簡単、キーを押すだけでいいのです。

知り合いの作家は、ワープロの時代を含めると、二十年ちかくもパソコンで原稿を書いているのですが、それほど使い慣れていても、うっかりミスで書き上げた原稿を全部消してしまうことがある、と言っています。

何時間も集中して原稿を書いていると、精神状態が平常ではなくなりますから、書き終わった瞬間に、やれやれ、と気を抜いてしまう。ポン、とそんなつもりはないのに、キーをたたく。

あっと思ったときには、もうおそいのです。原稿のデータは瞬時《しゅんじ》に消え去ってしまう。「まるで賽《さい》の河原のような話だね」と言うと、彼は情けなさそうに笑って、「だから、ぼくは仏教徒になったんです」。

使っている人のミスで消えるのは、当人の責任だと思うのですが、彼の話によれば、パソコン自体の不調やパソコンを動かすソフトの不具合で、データが消えてしまうことも、ままあるそうです。

その責任は誰も取ってくれない。パソコンの不調やソフトの不具合でデータが消失してもメーカーは責任を取らないのです。

そんな危険なものをよく仕事に使うなあ、とぼくなどは思うのですが、知り合いの作家は、何度も地獄に突き落とされたような絶望を味わいながらもパソコンを使い続けてるらしい。

御存知の方も多いと思いますが、電子機器メーカーはワープロの生産を中止しました。今後、新しいワープロが生産されることはないでしょう。

困るのは、ワープロで原稿を書いてきた作家です。使っているワープロが故障したり、寿命がきて使えなくなっても、新しいワープロに買い換えることはもうできません。

ワープロも道具ですから、長年使い続けていると、手になじんできます。それは、万年筆やボールペンと同じです。書きやすいペンで、インクの乗りがいい原稿用紙に書くと、非常に気分がいいものです。

ワープロも同様に使い慣れたものが、操作方法もわかっているし、キーの位置も体が把握しているので、仕事も進みます。

ある作家は特定のメーカーの特定の機種のワープロでなければ書けないとまで言っています。物書きは、社会にとっての「坑内《こうない》カナリア」にたとえられるくらいに自分の存在の危機には敏感ですから。彼は生産中止になって店頭から消える前に、同じ機種のワープロを何台も買い込んで、ダンボール箱に入れたまま倉庫に保管しているそうです。

パソコンをすすめてくれる人は不便さのことはなにも言わず、便利さばかり強調するのですが、それほど便利なものだと思えないのですね。少なくとも急いで導入しなければ、仕事にならない状態ではありません。

「でも、五木さん、いまの時代、パソコンくらい使わないと……」

言いかけて、しまったという表情をした編集者はあわてて口を閉じました。が、後に続く言葉はわかりきっています。

時代の流れに乗り遅れてしまいますよ。あるいは、時代に取り残されてしまいますよ。

「いや、ぼくはパーソナル・コンピュータというのは、コンピュータを使える人を雇っていることをいうんだと思っていたくらいだから。これから勉強してみるよ」

と、冗談を言って、その場を立ち去りました。

時代に取り残されてしまいますよ。

編集者が口にしかけた言葉は、胸に残りました。多くの人は、時代に取り残されてしまうという不安を抱えているのではないか、と思ったからです。

パソコンを使えないと、時代に取り残されてしまうよ。

デジタル機器を使えないと、時代の流れに乗り遅れてしまいますよ。

そういう言いかたをよく耳にします。

時代に取り残されたくなかったら、パソコンが使えるようになりなさい。

時代の流れに乗り遅れたくなかったら、デジタル機器が使えるようになりなさい。

そう言っているのと、同じです。不安をあおるつもりではなく、親切で、そんなことでは時代に取り残されますよ、と言ってくれる人もいるでしょう。

たぶん、その人も自分が時代に取り残されるのではないかという不安を抱えているに違いありません。自分はこれだけのことをやっている、だから、不安にならなくていいんだ、と自分に言い聞かせているのです。そういった不安を抱え、不安に突き動かされている人は、たいへんに多いのではないでしょうか。

パソコン教室はにぎわっているようですし、書店にいけば、パソコンの使いかたやパソコン用ソフトの使いかたを解説した本や雑誌がずらりと並んでいます。

ホテルの部屋には、インターネットに接続するための回線が引かれていますし、旅をしている途中で、新幹線の中でノート型のパソコンのキーをたたいているビジネスマンをよく見かけます。

こんな状況を見ていると、世の中の人たちはみんなパソコンを使いこなしているのではないか、とさえ思えてきます。

インターネットを利用して情報を得ていないのは、自分だけではないか。もしかすると、自分は時代の流れに乗り遅れ、時代から取り残されているのではないか、そんな不安がわき上がってくるのも当然です。

不安を抑えるために、電器店に駆け込んで、パソコンを買う。とりあえず買ったことで安心する。けれど、なかなか使いこなせるようにならない。また不安になる。気がせいて、不安が増大する。

こんな悪循環におちいってしまっては、容易には不安の罠《わな》から抜け出すことはできません。

アナログの現実とデジタルの異空間

パソコンは世間で言われているほど便利なものなのでしょうか。

ちょっと調べてみることにしました。

と、言っても、知人に説明をしてもらいながら、一通りパソコンとインターネットを体験する程度のことです。

まず、パソコンの本体に触れてみます。ノート型ですが、モニターも広く、表示は鮮明です。

ただし、いろいろな表示は、他の電子機器と同じようにデザイン優先、若者優先で、見にくかったり、読みにくかったりします。

操作の補助のために表示の記号や文字が記されているはずなのに、これでは本来の役割を果たしていません。

キーボードにいたっては、謎です。

「あ」のキーがどこにあるのか、探すのにひどく手間取ります。「あ」を見つけて、キーを押すころには、首筋がぱんぱんになっているくらいです。これで数枚のエッセイを書いたら、首や肩は鉛のように重くかたくなってしまうでしょう。

ひらがな入力よりもローマ字入力を使うと一般的には指導されているようです。しかし、それを聞くと、IT（情報技術）時代の幕開け、と宣言した、当時の総理大臣がパソコンに向かい、おぼつかない手つきで自分の名前をローマ字で入力し、漢字に変換して、得意そうに笑っていた姿が思い出されます。

この人は、ローマ字で入力した名前を漢字に変換することがIT時代の幕開けに相応《ふさわ》しいセレモニーだと本気で考えているのだろうか、と、暗《あん》たんたる思いにとらわれたものです。

ローマ字で文章を考える習慣がぼくにはありませんからローマ字入力は無理です。書き留めようとする言葉をローマ字に変換している間に、糸をたぐるように引き出している言葉のつらなりは、消えてしまうでしょう。

知人はへこたれずにパソコンを操作して、インターネットにつなぐ方法をレクチュアしてくれます。

熱心に教えようとしてくれているのは、わかるのですが、こちらには知人が使う専門用語が理解できません。

いちいち、それはどういう意味？　と聞き返していると、さすがにうんざりしたようで、口調が少しずつ邪険《じゃけん》になっていきます。

ああ、こういうことは会社なんかで日常的に起こっているんだろうな、と思いました。

たとえば、会社などで、ひとつの課なり、部なりをあずかる立場の人が、自分の部下に新しい電子機器の操作方法を聞いたときに、同じような経験をするのではないか。

君、ちょっと教えてくれないか、と年の若い部下に頼んだときに、最初は気軽に応じていた部下が、説明してもなかなか理解してもらえないと、つい上司であることを忘れて、ぞんざいな態度を取ってしまう。上司のほうも教えてもらう立場になるので、遠慮ぎみで弱気になり、部下の失礼な態度をその場でとがめられない。こういうことが何度かあると、上司と部下の関係が崩れてしまうのではないかと思います。

本来は、教え導く立場だった上司が、電子機器の操作方法を聞いたために、部下に教えられる立場になる。その立場の逆転が、上司と部下の関係をこわしてしまうきっかけになる。

なにげなく頼んだひと言で、部下との関係が崩れ、社内で孤立して、窓際に追いやられ、あるいは、リストラの対象になる。

少し大げさかもしれませんが、そんなふうに思って、不安と恐怖に駆り立てられるようにパソコンやその他の新しい電子機器を使いこなす努力を続けている、中年のビジネスマンの姿が思い浮かびます。

ＩＴは新しい分野ですから、年長者がこれまでの経験を活かす場面が少ないのです。新しい情報を次から次へと獲得していくのは、年長者よりも若者の方が得意です。ですから、情報の量を競い合ってはいけない。年長者は知恵をはたらかせて、自分が得意とする舞台に若者をひっぱり出さないと、体力勝負になっては結果は見えています。

相手がぞんざいな態度を取ったら、冷静にそれを指摘して、注意する。たったそれだけのことで立場は守られるのではないでしょうか。

「無知の知」とソクラテスは言っています。知らないことは恥ではない。ひとりの人間が知ることができる量などたかが知れています。これは開き直りではありません。事実です。

知らないことを恥じる必要はない、聞かないことを恥じるべきだ、という言葉もあります。自信を持って、と言うと、変ですが、自然な態度で聞けば、相手もむやみに攻撃的になったりすることはないはずです。

へりくだりすぎたり、逆に強圧的にふるまったりするのは、自信のなさの現れです。自然にふるまうために「この問いを問うことに関しては、ぼくはエキスパートだ。右に出る者はいない」と自信たっぷりに思えばいいのではないでしょうか。

子どものころのことを思い出してください。

知らないことに出会うのは、わくわくするような体験ではありませんでしたか。

その、わくわくする気持ちを思い出してみてください。

自分の力だけですべてを知ってしまおう、とむなしい努力をするよりも、知らないことに出会ったとき、質問すれば、答えてくれる仲間や部下をひとりでも多く持てるように心がけたほうが、人生は豊かになる、とぼくは思っています。

ＩＴの世界では、技術革新のスピードを称して、ドッグ・イヤーというそうです。人間にとっての一年は犬にとっての八年に相当します。犬は人間の八倍のスピードで時間をすごしているわけです。

ＩＴの技術革新はこれまでに比較すると、八倍くらい速いペースで進むので、ドッグ・イヤーといわれます。

14インチのモニターに映し出される、デジタル映像の鮮やかさは、たしかに、ドッグ・イヤーを実感させるものでした。

少し以前までは、動きのある映像はぎくしゃくしたり、コマ落ちしたりで、単に「映像が見られる」というだけのものでした。ところが、現在では「映像が見られる」のは当たり前で、どれだけ「きれい」に見られるかが競われています。

インターネットはたしかに、便利です。

世界有数の国立図書館、大学図書館の蔵書《ぞうしょ》を自室にいながら閲覧《えつらん》できるのです。資料を探すのにも時間はかかりません。むしろ、検索リストに挙げられる膨大《ぼうだい》な量の資料を、どう選別するのかにとまどうほどです。

美術館や博物館の所蔵品を鮮明なデジタル画像で鑑賞できます。解説が必要であれば、すぐに呼び出せる。大英博物館にいき、ルーブル美術館にいき、ナショナル・ギャラリーをのぞいて、NY近代美術館で立ちどまる。そんな贅沢なことがじつに簡単にできてしまいます。

ですが、こころに引っかかるものがないわけではありません。かつて、ぼくが若かったころ、ヨーロッパやロシアの美術館、博物館に行くのは、本当に大変なことでした。

働いて金をため、駅や公園のベンチで寝泊まりし、かたいパンをかじり、水を飲んで腹を満たしながら、旅をする。ぼくはそんなふうにして、初めてのロシアを旅しました。

その旅で得た経験は、ぼくの中で血となり肉となって、いまでも生き続けています。ほこりまみれになって、目的の美術館にたどり着く。ポケットのコインを数えてみると、夕食を抜かなければ、入場料を支払えない。けれど、決意してコインを握った手を窓口に差し出す。そうして、静かな、人気《ひとけ》のない館内を歩き、目当ての作品の前に立つ。

そのときの感動、自分という存在を根底から揺さぶるような感動は、いかに鮮明であってもパソコンのモニターに映し出されたデジタル画像の作品との出会いでは得られないでしょう。

ネットとはそういうものだと割り切って使うものなのだということはわかります。しかし、少しばかり気になることもあります。割り切ってネットを利用するネットサーファーは、まだアナログの世界、現実の世界を知っているからいいかもしれません。

しかし、この割り切りも慣れによって感じられなくなることが多いようです。デジタルなものは、軽く扱われます。たとえば、うずたかく積み上げた原稿用紙の前で満足そうにほほえんでいる作家の写真をどこかでごらんになったことがあると思います。同じ量の原稿データはぺらぺらのディスク一枚に入ります。それだけでなく、電子メールで瞬時に送ることができます。そのせいで、受け取った者が、書かれた原稿までが瞬時にでき上がったかのように錯覚《さっかく》してしまうことがあるそうです。書くほうの苦労は変わらないというよりデジタルのほうが手間がかかるのですが、受け取るほうは圧倒的にデジタルのほうが楽なのです。このあたりの重さの問題は、もっと真剣に考えられるべきだと思うのです。

以前、親鸞《しんらん》が書写した浄土三部経の一部を見る機会があったのですが、経文を丁寧《ていねい》に書きうつし、おそろしいほどの細かい文字でびっしり註が書き入れられていました。それは一目見ただけで、どれほどの信じられないほどの労力が費やされているかわかるほどです。

これがデジタルのデータだったら、どうでしょう。マルクス全集が電子データ化されてCD一枚に収まったという話を聞いたのは、ずいぶん前ですが、書籍と電子データでは、やはり受け取る者の意識がまったく異なります。アナログには重きが置かれ、デジタルは軽んじられるのです。

そういうデジタルしか知らない世代になると、文化はどうなっていくのか、少し心配になります。このことはすでに現実になりつつあるのです。

ものすごいスピードで技術革新が進めば、いまよりももっとインターネットの利用は盛んになるでしょう。そうすると、たとえばネットの美術館で、鮮明どころかなまなましさまで感じられる作品に出会えるようになります。

いまでは所蔵作品を一点ずつ見るという形式から、美術館なり博物館なりをまるごと再現して、館内を擬似的に体験するという形へと移行する研究がされているという。

そんなデジタル美術館ができたとき、パソコンを通じて美術館を訪れた子どもたちは、こころをわしづかみにされるような感動をも擬似的に経験するのだろうか、とふと首をかしげてしまうのです。

感動は変わらないし、そんな心配をしても始まらないとは思います。けれど、気になってしかたがありません。

現実はままならないものです。アナログの世界は、思うにまかせません。楽しみにしていた展覧会にいったら、ものすごい人で美術館の外まで人が列をなしている、という経験をお持ちの方は、たぶんたくさんいらっしゃることでしょう。

ぼくも何度も経験しています。目当ての作品になかなかたどりつけない。ざわざわざわしていて、一秒だって落ち着けない。ようやく作品の前にたどり着いても、ガラスに照明の光が反射していて、肝心の作品が見えない。作品に近づこうとすると、警備員がじろりとにらむ。立ち止まって、しばらく眺めていよう、と思っても背中や肩を押されて、いやおうなく歩かされる。

いったい、なんのために美術館まで足を運んだのだろう。疲れた体をベンチに乗せて深いため息をつくことがしばしばです。

現実の世界は、思うにまかせない。一切はみな苦である。仏教の言葉をしみじみとかみしめながら帰路につくといったことのくり返しです。

デジタルの世界ではこんなことは絶対にありません。いつでも美術館は静かで、作品をさえぎるガラス板もなく、どんなに近づいても警備員にとがめられる心配はありません。

こちらのスタイルも自由です。パジャマ姿でお茶をすすりながら、世界有数の美術館を勝手気ままに散策できる……。便利です。けれども、ぼくは整然として快適なデジタルの世界よりも、混沌として思うにまかせないアナログの世界のほうがやはり好きです。

現実の世界には、デジタルでは得られない味わいがあります。かすかな苦みが口の中に残る、そんな現実の味わいがないのは、とても寂しいように思います。


コンピュータの専門家が興味深いことを言っています。いまあるコンピュータは、道具として未熟で不完全なものだ。不完全な道具だから、使う者に大きな負担を強いている。もしコンピュータが道具として完成に近づけば、それを使う者に存在すら意識させないものになるだろう。

そうなのです。パソコンを使うために、分厚い解説書を読んだり、教室に通ったり、ローマ字のおさらいをしたりして、頭の痛い思いをしているのは、すべてパソコンが道具として未完成だからです。

あ、書きたい、と思ったとき、自然に手はペンを持ち、その辺の紙を引き寄せて、言葉を書きつけています。書きたいと思う言葉は、突然、なんの前触れもなく、中空にふっと現れます。それをつかまえられれば、言葉は次から次へと連なっていきます。ところが、最初の言葉をつかまえ損ねると、言葉は瞬時にして消え去り、ふたたび戻ってくるまでには、長い時間がかかります。

だから、ペンを握り、紙に書きつけるのが、ぼくにとって自然なのです。体もこころも、言葉を書き留めるときには、ペンを握り、紙を引き寄せろ、と声を出します。その声にしたがうのが、自然なのです。

浄土真宗《じょうどしんしゅう》の篤信者《とくしんじゃ》をむかしは妙好人《みょうこうにん》と呼びました。ふつうの人で、深く仏の心に触れた人のことです。

鈴木大拙《すずきだいせつ》がその著書『妙好人』（法蔵館）で紹介した、浅原才市《あさはらさいち》さんという妙好人は、数多くの「宗教詩」を残したことで、日本だけでなく外国でもその名を知られています。

才市さんは下駄作りをしながら、こころにわき上がってくる、仏法の味わい、感興を鉛筆で紙に書き留めました。紙が手元にないときには、かんな屑《くず》に書いたそうです（これを「口《くち》アイ」といいます）。

夜、『正信念仏偈《しょうしんねんぶつげ》』（正信偈）のおつとめをしたあと、眠るまでの間に、才市さんは昼間書きとめたメモを見ながら、綴《つづ》り方帖に「口アイ」を清書していきました。

毎日毎日、往生するまでそれを続けたと言われています。

かぜをひけば、せきがでる。
才市が、御法義《ほうき》の、かぜをひいた、
念佛のせきが、でるでる。

どうしても書き留めておかなければならない言葉を書くには、手で書くのがもっとも自然です。

手元に見当たらない紙を探しにいく時間が惜しいのです。だから、かんな屑に書きつける。その気持ちは、よくわかります。

中空にふっと現れた言葉、胸の奥底の暗闇から仏の光明に照らされてわき上がってきた言葉、そんな言葉は、すぐにつかまえて、ピンでとめるようにその場で書きつけておきたいのです。

パソコンのスイッチを入れて、基本ソフトの読み込みが始まり、画面が徐々に明るくなって、ようやく文字を入力できる状態になる。

それを待っている時間ももどかしいのです。

「念佛のせきが、でるでる」であって、決して、「nennbutsu no seki ga deru deru」ではありません。

パソコンは道具として不完全で未熟なものだというのは、まさにその通りなのです。いまのままでも使いこなせば、たいへんに便利だと充分に認めたうえで、それでもまだまったく足りないのだと言いたいと思います。

ペンを握り、紙を手元に引き寄せて、言葉を書き留める。その俊敏さと対応能力の高さをパソコンが身につけるのであれば、そのときには、使ってやってもいい、と思っています。

使ってやる、と言うと、なにか非常に尊大な態度に思われるでしょうが、道具として未完成なパソコンに対しては、それくらいの強い姿勢で臨むべきではないでしょうか。

謙虚になるのは、使う側の人間ではなく、使われる側のパソコンのほうなのです。

「パソコンくらい使えないと、時代に取り残されてしまうよ」

もし、今度、そういうことを言う人に出会ったら、こんなふうに言ってみたいと思っています。

「ぼくに使いこなせるくらいパソコンが道具として成熟したら、使ってあげてもいいと思っている。だけど、パソコンはまだまだ未熟。時代がぼくに追いつくまでには、長い時間がかかりそうだね」と。

6　暴発するかもしれない自分への不安

眠れない夜をどうすごすか

医師の処方箋《しょほうせん》がなくても薬局やドラッグストアで購入できる睡眠改善剤が売り出され、注文や予約が殺到しているというニュースを聞きました。当初の年間売上目標を一ヶ月でクリアして、発売元の会社の株は急上昇したそうです。

睡眠改善剤には、寝つきが悪かったり、眠りが浅い症状を改善する効果があるようです。医師の処方箋が必要な薬ほど強い効果はないものの、医薬品として認定される程度の効果はある。病院に不眠の相談にいったり、またいびきはかくけれど、睡眠時無呼吸症《すいみんじむこきゅうしょう》候群《こうぐん》と言われる病気のような深刻な影響は感じていない人たちが服用するには、ちょうどいい程度の薬ではないかと思います。

その薬が爆発的に売れている。もの珍しさもあるでしょうし、各種の栄養補助剤《サプリメント》が一種のブームになっているということを考えに入れても、いかに眠りに悩んでいる人が多いかということの現れだと思います。

横になっても眠れないということは、誰にでもあります。心配事があるときには、そのことが気になって眠れません。不満や怒りがあるときにもなかなか寝つけません。頭をからっぽにして眠ろうと目を閉じても、心配事や不満とか怒りの原因となった出来事がかえってあざやかに思い出されてきます。いったんこういう状態になると、気分転換が完全にできるまでは寝つけないものです。

体が疲れているときには、それでもうとうととしたりもするのですが、眠りは浅く、夢ばかり見て休まりません。

子どもはひどくしかられたりすると、泣き始め、泣いている間に疲れてしまって寝入るということがよくあります。泣くことで気分転換が完全にできてしまうのでしょう。

眠りたいのに眠れないのはつらいものです。眠らなければならないと思うのに眠れない。すると、寝つけないことが気になって、ますます頭がさえてしまう。寝つけない原因をいろいろと考えて、仕事や人間関係などのことが気にかかり、心配になったり不安になったりすることもあります。

徹夜で仕事をして眠っていないし体も頭も疲れている、もう限界だという状態のときにも、すぐには眠れません。緊張を緩めようとしてもなかなか思い通りにいかない。ずっと緊張した状態が続いている。時間が経てば緊張が緩んでいくのはわかっているけれど、そんな時間の余裕もない。となると、横になってとにかく体だけは休めようとします。

寝つけないと一口に言ってもさまざまな場合があるのです。共通しているのは、すぐに寝つけて眠りが深ければ、睡眠に関する問題は解消できるということだけです。原因や症状はさまざまだけれど、とにかく眠れれば問題はなくなってしまう。だから、睡眠改善剤が爆発的に売れるのでしょう。けれど、本当の解決は原因を突き止めて、それを解決することです。

なにか体がだるい、頭が重い、やる気がでないと感じていた人が病院で診断を受けると、睡眠時無呼吸症候群だった。気道《きどう》を確保して呼吸がとまらなくなり、眠りが深くなると、体の不調もなくなり、頭もスムーズに動くようになって、やる気もでてきたという話を聞くと、自分も睡眠時無呼吸症候群かもしれない、きちんと眠れるようになれば、体調がよくなるかもしれないと思う人も増えるのではないかと思います。

むかしは病気とされていなかったものが、新しい発見で病気と社会的に認知されるということは珍しくありません。睡眠の問題もこのひとつです。

以前から眠りの大切さはいわれています。人生の三分の一は眠りに費やされる。だから、眠りの質を高めましょうと、ベッドや布団のコマーシャルでさんざんいわれてきました。

リラックスが大切だからということで、入浴剤が売れ、ハーブティーが話題になり、アロマオイルが使われ、香を焚《た》く人も出てくる。心を落ち着けて自然な眠りへと導入する、という謳《うた》い文句の音楽や環境音のCDやテープも売られている。

そして、ついに薬局で睡眠改善剤が買えるまでになった。これもいまの時代の特徴かもしれません。

冷戦の時代は、頭痛薬と鎮痛剤がすごく売れていた。鎮痛剤が製薬会社の台所を支えているといわれるぐらいに世界中で売れた。そして、冷戦後の不安の時代にはいって、睡眠薬と精神安定剤がものすごく売れている。ＥＤ（男性機能の低下、勃起不全）を改善するバイアグラも話題にはなったけれど、発売元の会社の資料ではバイアグラでの収益はコレステロール低減薬のそれにはとても及ばないそうです。

ＥＤも精神的な不安を呼ぶものです。一度、勃起不全を起こすと、性的能力に衰えが出たのではないか、自分はもう男性としての性的な役割が果たせないのではないか、と自信喪失をしたり不安になったりします。が、医学的には、ＥＤの原因としては加齢や精神的な要因ばかりでなく、生活習慣病としての面が注目されています。

ＥＤは高血圧症や高コレステロール、ひいては糖尿病などがベースになって発生している場合が多くあるのだそうです。ですから、ＥＤはそういった生活習慣病が悪化しないように適切な治療を受けなさいという体からのシグナルでもあるのです。

日本では回春剤であるかのごとく喧伝《けんでん》されたバイアグラですが、生活習慣の改善の一環として用いられる薬なのだということを忘れてはならないと思います。

いうまでもなく、よりよい生活の一部として性的な営みがあるのであって、性的な営みが人生のすべてではありません。EDであっても性的な営みをふくめて人生を充実させることはできるのです。EDになったから自分はもう男ではないなどと考える必要はありません。性愛はEDでも可能です。大切なのはパートナーとの愛情であり、体とこころの両面での触れ合いなのですから。

ここで言っておかなければならないのは、薬品を過信するのも病気だということです。薬は万能ではありません。たとえば睡眠薬には抵抗感を持つ人も多い。それは常用しているとなにかしら悪い影響が出るのではないかという不安。睡眠薬がなければ眠れなくなるのではないか、たくさん飲まなければ効かなくなるのではないか、そういう心配もあります。

これらは、ある程度は真実をついているのです。医師が処方してくれる薬剤は強いものが多いので、指示通りに服用しないと、いろいろな弊害《へいがい》がおこります。だけれど、薬品を極度に排除するのも病気です。

ぼくは、イライラしているときとか、ものすごい勢いで仕事をして頭の真空管が過熱して寝られないというときに、それほど強くない睡眠薬を半錠くらい飲むことがあります。そうすると、なんとなく落ち着くし、そこそこに眠れます。そういうことを、必要以上に潔癖に、絶対もう薬はいやだ、漢方薬以外は飲まないという人もいます。けれども、そこまで潔癖に薬を排除するのも、どことなくころのこわばりが感じられるのです。水清《きよ》ければ魚住《す》まず、といいます。人間が生きているという状態はかなり雑然としたものであるというふうに考えた方がいいのではないかと思います。

生体の活動は細胞レベルでは化学反応であるということは事実なのですから、薬物を入れて化学反応を活性化させたり低下させたりすると、気分が変わるということは確実にあります。

薬に頼りすぎることを批判していると、なにか薬をいっさい使わないことをすすめているかのように誤解する人がいますが、使う使わないの極端に走ることは間違いなのではないかと言っているだけなのです。

ランナーズ・ハイという言葉をお聞きになったことがあると思いますが、マラソンなど長距離を走っていて、体力を使い果たして限界状態に達すると、それまでのつらさや苦しさがすーっと消えて、非常に気持ちが良くなり、体が軽く感じられるし、こころも浮きたつようになる、こういう状態をランナーズ・ハイと呼ぶのです。ランナーズ・ハイは、医学的には脳内に苦痛を感じさせなくする化学物質、言ってみれば麻薬や覚醒剤のような物質が大量に発生することによって引き起こされるとされています。

ですから、極限まで体を酷使すると、ランナーズ・ハイと同じ状態になります。三十キロも四十キロも走らなくても、二、三日寝ないで仕事をしていれば、ワーカーズ・ハイになります。

長距離トラックの運転をしている人が覚醒剤を使用して逮捕されたというニュースが報道されたりしますが、あれは眠らなくても休まなくても疲労を感じずに運転を続けられるように薬物でドライバーズ・ハイの状態を作り出すわけです。

自然な状態で発生したランナーズ・ハイと覚醒剤などの薬物で作り出すドラッグ・ハイとの違いは、体が自主的に作り出すかそうでないかの違いです。体が自主的に作り出していないのに外から薬物として取り込むと、体にとって過剰になるわけですからバランスが崩れて、最終的にはその人のすべてが崩壊してしまいます。麻薬のような物質を人間の体が作り出すのは、それがどうしても必要だからです。作り出さなければ生存できなくなるから作っているのです。

日本でドラッグが広く用いられたのは、戦後の一時期とベトナム戦争の時期、それからバブル経済のころではないかと思います。

戦後は復興のために夜も寝ないで働き続けなければならなかった。だから、ヒロポンなんかを使ってしのいだ。こういう薬は体力や活力を生み出すわけではなく、本来持っている人間の力を短期間に引き出して使い果たしてしまうだけなのです。ですから、薬を使えばかならず破綻《はたん》し崩壊します。

ベトナム戦争の時期は、アメリカ兵が戦闘するためにドラッグを使い、それが日本の若者にも広まったのです。若いアメリカ兵たちは、なぜ戦争を続けなければならないのか、いつまで戦争が続くのかわからない状態でベトナムの密林に送り込まれていました。ゲリラ戦ですから体力も精神力も消耗《しょうもう》する。戦闘ができない状態になっては困るからドラッグを使ったのです。

かつてロック・ミュージシャンが使ってすごい音楽を作り出しました。ドラッグは創造的な薬剤だと当時の若者は思っていたかもしれません。けれど、薬物には創造的な効用はありません。生存のための戦いができるように体力や活力を引き出すだけの効果しかない。生存の危機を回避するために使われたのです。

それからはファッションのように使われました。バブルのころには、金持ちのちょっとした楽しみとして薬物が用いられました。アメリカの小説にはよく書かれているのですが、上質な麻薬《コカイン》は非常に高価で入手しにくい。だから、希少価値がある。そんな高価で珍しいものを手に入れられるのは、特別な人間だということになります。

若くして成功した人たちはみんなそういう薬物を使い、パーティに明け暮れた。もちろん、そういった華やかさの裏では、巨額の債券や不動産の取引に精神的に耐えるために麻薬は使われていました。数十億円を一瞬で失うかもしれない取引を恐怖を感じずに行える人間などいないのです。しかし、頭はクリアにしておかなければ、絶対に失敗する。だから、頭もはたらき、活力も出て、恐怖を克服できる薬物を使ったのです。現在は、入手しやすいからたぶん、覚醒剤を使う人があとを絶たないのでしょう。若者は好奇心で試してみる。そして泥沼にはまります。

レイブというそうですが、大勢集まって大音量で音楽を流しみんなで踊るイベントでは、集団効果でハイな状態を作り出しているということです。こちらのほうがまだ、自然かもしれません。バリ島ではケチャという、集団でリズミカルに声を出し手をたたいてハイになり、神と交わる儀式があります。脳内に麻薬物質を発生させる行為は、生存の不安や恐怖の克服につながるのですから、当然のことながら、宗教と密接な関わりを持ちます。

仏教でもそれはあります。灯明の光、抹香《まっこう》の香り、読経《どきょう》の声、鳴り物の音、これらがハイな精神状態を作り出すのです。ハイと言ってもこちらは静かな昂揚《こうよう》です。密教ではもっと直接に護摩《ごま》を焚きます。今は違いますが、むかしはケシの実を燃やしたりもしていました。幻覚を見ないほうがおかしいような状態の中に信仰者を置いたのです。

平安時代に書かれた『源氏物語』にしても『枕草子《まくらのそうし》』にしても宮中で病気や出

産のときに加持祈禱《かじきとう》が行われ香を焚いて僧が読経を続けたという場面がよく出てきますが、その当時はケシの実や薬効のある草や木などが当然使われていたのです。だから、精神が安定したり不安が解消されたりするのは、法の力だけでなくそういう薬物の力も借りていたのです。これが仏教の本来かというと、議論は分かれるところです。少なくともブッダ・ゴータマはこのような薬物の利用には否定的でした。ただ、実際には効果があります。古代や中世の人に対してだけではありません。われわれの同時代、いま現在でも効果があることは、オウム真理教でも明らかですし、その他の宗教団体が起こす事件を見ていればよくわかります。

ぼくは演壇に立つ前にほとんど不安がないことが、かえってすごく気になることがあります。先日、福岡ドームで講演をしたのですが、福岡ドームですから二万八千人ぐらいの聴衆がいるわけです。そこで話をするのですから、どきどきしたり心配になるのが普通なのだろうけれど、全然なんともなかったのです。いったいこれはどうなっているんだと逆に心配になりました。年をとって心が硬化してしまったのだろうか。無感動の状態、感情を失ってはまずいぞ、もう少し初々《ういうい》しくなろう、どきどきしよう。そう思ったのですが、いまもやはりどきどきしたりしないのです。そのことがちょっと不安です。

これが経験の問題ではないことは、越路吹雪《こしじふぶき》さんの逸話からもわかります。越路さんは、いくらキャリアを積んでもステージに出るときは手のなかがじっとりなるぐらい、あがったという。そのため、人という字を書いて舐《な》めたりしていたと聞きました。

英語には〈あがる〉という言葉がないそうです。

調べると、ステージ・フィーバーという言葉が見つかったのですが、それはステージに出る前に、むしろかーっと燃えてきて、実際以上の力が出るような状態を言うらしいのです。

これは〈あがる〉ではありません。

あがる、というのは、まず血圧がさがる。手足の動きが鈍くなって、ふだんの実力を発揮できない状態を〈あがる〉といいます。あがるというのは、実際はさがっているのです。

これは白人たちにはあまりない現象のようです。肩が凝るという言葉もふつうは使いません。バックペインとかショルダーペインとかという言いかたがありますが、ペインというのは痛みだから、肩凝りとは違うと思うのです。彼らは肩が凝らないのかなと思ったりもするのですが、全部、〈痛み《ペイン》〉で片付けてしまうのかもしれません。

言葉は文化と結びついています。ですから、言葉を見ると文化がわかります。体やこころに関する言葉が日本語にはたくさんあります。それは、体やこころにどれだけ繊細な注意を向けていたかの証拠でもあるとぼくは思うのです。肩が凝るのと肩が痛むのは違う。そういう日本人の感性がやはり体やこころの発する声をきちんと受け取って言葉にしていったのだろう。そう思うのです。

五木はいつも同じことを言う。体やこころの声に耳を澄ませ、そればかり言う、と思う人もいるかもしれない。けれど、これは日本の文化の基盤にあることなのです。そのようにしてわれわれの先祖たちは生きてきた。そうして脈々と続く文化の末端にわれわれは位置し、未来に向かって生きている。この大きな流れの中にいるという感覚は大切なものだとぼくは思っているし、何度でも確認したいし言いたいのです。われわれは流れゆく大河の一滴である、と。

日本語にはラクダを示す言葉はラクダくらいしかありませんが、アラブの砂漠の民はラクダに関する言葉を数十は持っているそうです。彼らはラクダとともに生きてきた、そのなかで彼らの文化は培われてきたのですから、これは当然のことなのです。

英語が話せないと、会社では落伍者《らくごしゃ》扱いされてしまうからと英会話教室に通っている人が多いようです。が、英語を道具ではなく、文化として修得しようとする人はそう多くはないでしょう。慣用句なり、言い回しなりを覚えようとしても頭に入りにくいのは、われわれの文化にはない発想で言葉ができているからです。文化を知らなければ、言語は修得できません。言語を修得することは文化を学ぶことなのです。

和魂洋才を掲《かか》げて、才だけ手際よく取り入れようとしてもうまくはいかないでしょう。うまくいかないことをやろうとしているから、会社にも社会にもひずみや歪《ゆが》みができて、ストレスや不安を感じる人が増えている。そういうことではないかと思います。

人がふと痴漢になってしまうとき

中年の真面目《まじめ》なサラリーマンが通勤電車で女の人のお尻にさわったり、デジタルカメラでスカートの中を盗撮したり、いたずら電話をかけたりして捕まったりする事件が頻繁《ひんぱん》にありました。

電車のなかで、手をうしろに組んでいるとか、荷物を両手に持つとかしている人もいるらしい。痴漢《ちかん》と疑われることがないようにという予防措置でしょうけれど、自分が実際にそういうふうなことを無意識にやってしまうのではないかという不安を持っている人も案外多いようです。

ある衝動のようなものを心に抱えている。抑圧されているものが、ある瞬間、ぽっととび出すのでしょう。

真面目で律義《りちぎ》で堅物《かたぶつ》でとおっているような人がそういうことをする。周囲の人は信じられない、理解できないと言うことが多い。いままでも陰でこそやっていたとか、あの人はやりそうだったとかいうのではないのです。

たとえば電車で痴漢をして捕まったら、会社は馘《くび》になるし、家族にもひどい迷惑がかかります。いままでに築いてきたものがたちまち崩れ去ってしまう。そういうことがわからないはずはないのに、衝動的にやってしまう。

魔がさしたとよく言われますが、まさに自分でないものが自分を乗っ取って、そういう行為をさせてしまったという感じです。

自分にも魔がさす瞬間はくるのではないか、という不安は多くの人にあるだろうと思います。

痴漢だけでなく、万引きもあるでしょうし、銀行や証券会社の社員が遣いこみをしたり、普段は誘惑とさえ考えていないものに、突然手をのばしたくなる。自分では意識していなかった抑圧がぱっと裂け目から解《ほど》けてしまう。そういうことに対する不安はあると思います。人事に不満を持っていたり、リストラにおびえている人間が突然、上役を殴ったりするかもしれません。

魔がさすというと、ほとんどはいつも真面目な人、いい人が逸脱《いつだつ》した犯罪行為を行う、ということを言います。

が、この反対もあるのではないかと思うのです。ある瞬間、魔がさして、自分が過剰に仕事をしてしまう。私には善性が素晴らしくあって人々をすくいなさいと神に告げられたなどと言って、やっと本当の自分になったんだ、と思い込み、急にがらりと変わってしまう。

当人はいいことをしているつもりでも、周囲の者にとってはたいへんに迷惑だったりします。けれど、魔がさしているので冷静な判断がつかないのです。それでトラブルになり、ついには殴り合いの喧嘩をし、ナイフで刺したりといったところまでエスカレートしてしまう。

宗教がらみではよくあることですが、いまでは会社などでもこういうことが多く起こっています。この不況を乗り越えるためには社員一丸となって頑張らなければならない、と社長なり部長なりがあおると、鉢巻きを巻いた社員がおーっとこぶしを突き上げて答える。そんな光景はほとんど宗教の熱狂に近いように思います。

こういう熱狂を帯びた魔がさす状態は比較的長く続きます。けれど、覚めてから振り返ると、どうしてあんなことをしたのだろうと思うのは、真面目な人が痴漢行為をするのと同じかもしれません。

宗教的な熱狂というと、たとえば一遍《いっぺん》の踊り念仏や「ええじゃないか」を思い出します。床を踏み抜いたり建物を壊したり、男が女の恰好《かっこう》をしたり女が男の恰好をしたり、化粧をしたり裸になったり、日常から逸脱してパワーを発揮する。民衆のエネルギーの噴出とも言える集団行為が歴史の節目では、しばしば見られることがあるのです。

自分にも魔がさす瞬間が舞い降りる

時代が大きく変わろうとしているとき、あるいは逆に時代が長く停滞しているとき、変化を加速したり起こしたりするきっかけとして、こういう過激なお祭り騒ぎのような運動が起こる。その時代に生きている人が時代の雰囲気を肌で感じて、いっせいに魔がさした状態になる。こういうことは人間の長い営み、歴史には必要なことではないかとも思えるのです。

魔がさすのではないかという不安は、こういう大きなお祭り騒ぎへの期待みたいなものが背景にあるのではないかと思います。一人ひとりの人にも自分が意識していない抑圧がある。それが解放されたがっている。だから、うごめきというかうずきがあって、それを不安という形でこころが信号を出している。

その信号を受け取って、どうするのかは、それぞれの人が考えるべきことがらです。電車で痴漢をするのではないかと不安になり、電車に乗れなくなるということだってあるのです。そうならないためには、不安のシグナルをきちんと受け止めて、おおもとの原因となる問題を解決しなければならないのではないでしょうか。

たとえば夫婦間で問題があったり、それこそEDなどでの性的な問題があったり、家族の問題があったりする。また会社でも人間関係の問題があったりする。そういった問題が見えてくれれば、やみくもに不安になっているよりもいくらか精神は安定するでしょう。

欲求不満があるのであれば、たとえばむかしのディスコ、いまはクラブというそうですが、そういう場所で踊ってみるのもいいかもしれない。あるいは、マラソンをしてみるのもいいでしょう。寺で読経をするのもいいかもしれない。

仏にあえば仏を殺せ、と禅家《ぜんけ》では言います。座禅をしていると、仏にあう瞬間があるらしい。しかし、それは魔だから殺せと言うのです。

浄土真宗《じょうどしんしゅう》の妙好人《みょうこうにん》にはこういう言葉が知られています。もしあなたがこれでいいというものをつかんだら、そのときにはごかいさん（御開山）との縁がきれたと思いなさい。御開山、というのは、宗祖《しゅうそ》の親鸞聖人《しんらんしょうにん》のことです。他力念仏《たりきねんぶつ》では自分でつかむものはないと考えます。仏の光はむこうからやってきて、自分を照らしてくださるのだ、と。光をつかんだと思うのは魔なのです。それを戒《いまし》めているのです。

真言宗《しんごんしゅう》の宗祖、弘法大師《こうぼうだいし》は、ある夜明け、口の中に光の玉が飛び込んできた、それが大悟の瞬間だと言われています。それもむこうからやってきたものを、口に受けたことでしょう。自他一如《じたいちにょ》とはこういうことかもしれません。このあたりに同じ日本の仏教でも宗派によってのおもむきの違いが出ているように感じられます。

停滞した時代が長く続き、人はそれに倦《う》んでいる。その実感はぼくにもあります。ふつふつとどこからかわき上がってくる、逸脱《いつだつ》の衝動のようなものが結実し、時代を大きく転回させていくことを望む気持ちへの不安が、ぼくのなかにもたしかにあることを感じないではいられません。

7 働く場所が見つからない不安

一生フリーターで生きられるか

一時期、フリーターという言葉をよく耳にしましたが、近頃ではあまり聞かなくなりました。

フリーターと盛んに言われていたころには、フリーターは若い人たちにとって望ましい仕事のスタイルだったのでしょうか。

働きたいときだけ働いて、働いた分だけの賃金をもらう。仕事が気に入らなければ、さっさとやめて別の仕事を探す。そうしているうちに、自分に合った仕事に出会えるだろう。

そんな気分だったのではないかと思います。

なにものにも束縛《そくばく》されない、自由な暮らし。それが、フリーターのライフスタイルでした。

自由である、ということは、逆に言うと、なんの保証もない、ということです。

自分がまだその仕事を続けたいと思っていても、明日からもう来なくていいよと、雇い主に言われれば、黙って帰るしかありません。

不当解雇だと訴え出ることもできません。もっともフリーターの道を選ぶ人は、突然クビを言い渡されても、よほど理不尽な理由でない限り、雇い主とは争わないと最初から決めているようでした。

明日から来なくてもいい、と言われても、たいていの場合、フリーターも困らなかったのです。明日になれば、明日の仕事がある。仕事を見つければ、とりあえず生活の心配はしなくていい。

まあ、呑気《のんき》なと呆《あき》れる方もいらっしゃるかもしれません。けれども、時代環境も呑気な考えの若者たちを受け入れられるくらいの余裕がありました。おそろしいほどの好景気の名残りがまだあったのです。

雇う側からすると、フリーターは不確実ではあるものの、比較的安価な労働力です。なによりもいいのは、いつでもクビが切れることです。

フリーターには保証がない、けれども、束縛もない。

しかし、経済状態は悪化する一方です。銀行までが倒産してしまう。銀行も企業だから潰れることはある、とわかっていても、大多数の人は信じられない思いをしたのではないでしょうか。

社会に余裕がなくなると、フリーターをしていた若者も、なんとかして定職を得たいと考えます。

「明日から来なくていい」と言われたら、たちまち困るからです。

明日、仕事を得られるとは限らない。むしろ、仕事がない可能性のほうが高い。そうなると、自由で気ままなライフスタイルなどと気取っている余裕はありません。スタイルもなにも、ライフ自体が危機にさらされているのですから。

そんなふうにして、フリーターというどこかふわふわした響きを持つ言葉はもてはやされなくなりました。フリーターとして自由気ままに暮らしていた若者が、身なりを整えて、履歴書を何通もカバンに入れ、職を求めて会社回りをする。

そんな場面を想像すると、かすかな寂しさのようなものを感じます。不景気で、暗く沈んだ世の中になっても、ふわふわと気ままにすごせる、新しいライフスタイルを作り出していく若者に出会えるのではないか、と期待する気持ちがあったからです。

このくらいの不況は全然平気だよ、とふわふわの気ままを続けて、訳知り顔の大人をぎゃふんと言わせてもらいたかった。と、そんなふうに思うのです。


時々、小説家というのは、職業名なのだろうか、とぼんやりと思います。自分の思いを文章につづることを仕事と呼んでいいのだろうかとも思います。あくまで、ぼんやりとですが。

思い返してみると、自分は職業という意識を持ったことがないのではないか、という気がしてきます。

つねに懸命に働いてきた、という思いはあります。どんな仕事をしているときにも、懸命だった。懸命のうちに一瞬一瞬がすぎさり、気がつくと、ここにいた。そんなふうに思えるのです。

これまでにさまざまなジャンルの仕事をしてきましたし、いまでも仕事を続けています。

　文章を書き、対談し、旅に出て、いろいろな集まりに行き、話をする。すべては仕事なのですが、イメージとしてはどうもふわふわとしています。フリーターという言葉の響きに感じるふわふわさと、どこかでつながっている気がします。

「明日から来なくていいよ」

　と、誰かに言われても、

「そうですか、お世話になりました」

　と、こだわりなく答えられるような気分なのです。

　もともと、自分の能力で文章を書いているのだ、とか、自分が言葉をつむいでいるのだ、とかいった意識はぼくにはありません。声なき人の声を自分が形にするだけ、そんないわゆる巫女《みこ》のような役割が作家の仕事だと考えてきました。

　自分はなにか濾過器《ろかき》のようなもので、声にならない声が訪れてきて、そして自分のなかに言葉が残る、そういった感じなのです。

　だから、職業的不安という意味で言うと、ぼくには書けなくなるという不安はほとんどありませんでした。

デビューして間もないころに、後藤明生《ごとうめいせい》さんや高井有一《たかいゆういち》さんとか、当時の新人作家がみんなで有馬頼義《ありまよりちか》さんのところへ集まったことがありました。新人賞の選考委員もされていた有馬さんの家はサロンのようになっていて、よく作家連中が集まって語りあっている場所でした。

そのときに、有馬さんにこんな助言をうけたことがあります。

「五木くん、これさえ書けば大丈夫だと思うような、自分のいちばん大事なテーマは絶対書かないで最後までとっておきなさい。作家はどこかで書くものがなくなるときがくる。自分もいま、そんな状態で睡眠薬がなければ寝られないんだ。こうなったときに、これなら絶対に書けるというものをひとつ持っていれば、どれほど心強いかわからない。最後までそれを書かずに終われば、それはそれでまたいいのだから」

有馬さんはよほど苦しかったのだと思います。そうでなければ、新人の作家に心中を打ち明けたりはしないでしょう。

有馬さんの助言はたいへんにありがたかった、けれども、ぼくは書きたいものはすぐに書いてしまわないと気が済まないたちなのです。

いちばん大事なものは、いま出してしまう。ときをずらすと、いちばん大事なものが色あせて、いちばん大事なものでなくなってしまう。

そういう考えでしたから、有馬さんの助言はありがたく聞いただけで、実行はしませんでした。

自分は声なき声に励まされて書いている。書くことがないときは、世間なり読者なりが、「きみ、いまは書かなくていいんだよ。少し休んで、次に備えたらどうだい」とこういうふうに言ってくれているのだと考えます。

これまでに二度、休筆をしていますが、それも声なき声にうながされてのことです。時代が自分を求めていない。それが感じられたので休んだのかもしれません。

先日、テレビ制作会社のスタッフと会ったときに、社員を募集してもなかなか人が集まらない、人手が足らなくて困っている、という話を聞きました。

テレビ局が社員募集をすると、希望者が何千人もやってきます。テレビ局の給料は高いのですが、それでも、数千人の人たち全員が高い給料を目当てで応募しているのではないでしょう。テレビ番組制作の仕事をしたいという熱意のある若者はいるはずだ、と思います。

テレビで放送されている、ほとんどの番組はテレビ制作会社が作っています。ですから、テレビ番組を作りたいのであれば、テレビ局に入社するよりもテレビ制作会社に就職したほうが、現場の仕事をする機会は多くなります。

そういう事情を知っているので、テレビ制作会社がスタッフ募集をしたのに、応募がないということが、ちょっと信じられなかったのです。

「いや、本当に人が来ないんです」

制作会社のスタッフは真剣な顔で言います。本当に困り果てている様子でした。

番組制作に興味も熱意もあるけれど、それはテレビ局の社員になったとしての話で、制作会社のスタッフになってまでテレビの仕事をしたいとは思わない。そういう考えのテレビ局志望者が圧倒的多数だということです。

労働はきつい、将来の保証はない、局側社員とのあいだに格差はある。これがテレビ制作会社スタッフの現実です。

この現実を受け止めて、それでも自分はテレビ番組制作の仕事をしたいと熱意を燃やす若者は、残念ながら、きわめて少数しかいなくなったということです。

むかしだったら、テレビ制作の現場にはいれるなんておもしろそうだと思って、給料のことなどとりあえず考えずに応募する若者はたくさんいただろうと思います。

当時といまは違う。それにそういう若者は業界の知識がなかったのだと言えば、それまでです。

現場にも熱意がありました。エネルギーが渦《うず》を巻いているようで、あやしげな魅力もありました。テレビというメディア自体、若くて無鉄砲できらきらと輝いていた時期です。多くの若者をひきつけたのも、当然かもしれません。

いまはテレビというメディアに、かつてのような輝きはありません。新聞のテレビ番組欄を見ると、一日の半分くらいは再放送の番組です。古いものの再放送もありますが、つい先週放送したばかりのドラマがもう再放送されています。

制作費も削られて、なんとなく華やかさが失われ、制作の現場にもかつてのような熱気はなくなってしまいました。

そんな現場に飛び込んでこいと、打算的な若者にいくら呼びかけても無駄でしょう。本当にテレビ番組の制作に参加したいと思うなら、どんなに過酷な労働環境でも、熱意のある人は自分から飛び込んでくるはずですから。逆にそれくらい熱意と体力のある人でなければ、テレビ制作を仕事にするのは無理です。

いまはテレビというメディアが憂鬱症《ゆううつしょう》の哲学者のように暗く沈んでいるかもしれませんが、その状態が永遠に続くわけではありません。風向きが変われば、テレビというメディアもすぐに活気を取り戻すでしょう。

そのときに備えて力をためこんでおく。そんなふうにじっくりとかまえられる人がテレビ制作の現場にひとりでもふたりでも現れるなら、自然に風向きも変わっていくのではないか、と思います。

自分になにができるかを見極める

今年（二〇〇三年）から全国の百の寺をたずねる旅を始めました。

各地の寺をめぐりながら、日本という国の現在を肌で感じ、声なき声に耳を澄ませ、伝統や文化といったものを見つめ直してみたい、と思ったのです。

ですから、今年は例年にもまして、足しげく大和の地を歩いています。何度も何度も同じ寺に行って、どこがおもしろいんですかと聞かれることがありますが、訪れる度に、寺はいつも新しい姿を見せてくれます。寺は変わらなくても、見ているぼくは変わります。だから、寺はいつも初めて訪れたかのように新鮮な驚きと感動、そして、安らぎを与えてくれるのです。何度も何度も同じ寺にいくからこそ、おもしろいとぼくは思っています。

先日は斑鳩《いかるが》を訪れました。

法隆寺の脇を通る小道を歩いていて、ふと宮大工の西岡常一《にしおかつねかず》さんのことを思い出しました。西岡さんは昔ながらの手法を厳しく守り、法隆寺の五重塔の修復や薬師寺の西塔の再建に力を尽くした名棟梁《めいとうりょう》です。テレビ番組で取り上げられたり、木と人間を語る本を出版されたりしていますから、御存知の方も多いでしょう。

西岡さんのことが頭に浮かんだのは、テレビ制作会社のスタッフ募集に人が集まらないという話を聞いて以来、「ものづくり」ということが気にかかっていたからでしょう。

西岡さんはじつに厳しい棟梁だったそうです。道具箱を開けて、すぐに仕事に取りかかれるようにきちんと道具の手入れができていないと、怒鳴られるだけでは済まなかった、とお弟子さんが述懐《じゅっかい》しています。

厳しいからお弟子さんが育ったわけです。もちろん、厳しさに耐えきれずに途中でやめていったお弟子さんもいたでしょう。自分の才能に見切りをつけた人もいたかもしれません。けれど、そういう人も棟梁に思慕の念を持ち続けているのです。棟梁の棟梁たるゆえんでしょうね。

そんな西岡棟梁も不遇の時代があったと聞きます。

宮大工は神社仏閣を専門に作ります。民家は建てません。ですから、神社仏閣の建立や再建、修復が行われないと、仕事がないのです。仕事がなければ、当然、収入もありません。

そういう時期が西岡さんにもありました。民家を建てたらどうですか、と言う人もいたそうですが、西岡棟梁《とうりよう》はがんとして受けなかった。

その代わりに桶《おけ》を作ったそうです。が、ぎりぎり生活をまかなえる数しか作らない。そうやってなんとか生活をしのぎながら、道具の手入れは怠らず、じっと待ち続けた。そして、ようやく大きな仕事をする機会が訪れ、その仕事を見事にこなして称賛を浴び、その後は途切れることなく仕事を続けたということなのです。

不遇時代の西岡さんが不安を感じたかどうかは、いまとなっては知る術《すべ》はありません。ただ、不安を感じたとしても、それに押し潰されなかったことは事実です。

たぶん、自分は宮大工なのだという誇りが西岡さんにはあったのだろうと思います。その誇りは他と比較しての優越から生じたものではなく、自分にはこの道しかないという絶対的な覚悟から生まれたものでしょう。

就職ができるだろうか、と不安を抱いている若い人に、就職ができるかどうかを心配する前に、自分がなにをしたいのか、をまず考えた方がいいのではないかと言いたい気がしています。

私はこれがしたいのだ、というものが見つかれば、あとは目指すものに向かって歩を進めていくだけではないでしょうか。

あるいは、これをしているときが私なのだ、と言えるなにかが見つかれば、たぶん、そのなにかのために人生を棒に振ってもかまわないという覚悟を決められるのではないかと思います。

たとえ、就職ができなくても、いまならまだ探せば仕事は見つかるはずです。それは、不安定で、体力的にきつくて、給料も安い仕事かもしれません。けれども、その仕事をしていると、見えてくる自分の本来があるかもしれません。

若者はもっともっと深刻に悩んだほうがいいとも思っています。就職ができないのではないかという不安ではなく、就職先がないという現実を前にして絶望したほうがいいのかもしれない。若さにはきっとその絶望を跳ね返す力があるはずですし、そういう力を呼び覚まして欲しいとも思います。

たとえば自分にはMBA（経営学修士）を取る能力も資金もない、だから、会社を回って就職先を見つけなければならなかった。面接を受けた会社全部から断られたのだから、私にはなにもないのだ、絶望しているのだ、という人がいるとします。

そういう人こそ、自分になにができるのか、見極める機会が与えられたのだと思って、会社勤めをすることだけが仕事をすることなのか、MBAを取得してビジネスエリートになることだけが、人生の勝ち組なのか、ということを真剣に考えてみて欲しいのです。

MBAを取得したのにそれにふさわしいポジションが得られないと、不満を抱えて転職をくり返す人もいます。自分にはこんなにキャリアがあるのに、どうして無能な上司の下で我慢して働かなくてはならないのかとストレスを抱えて、結局会社を辞めていく人もいます。

仕事をするよろこびとはなんなのか、働くということが自分の人生にとってどのような意味と重みを持つのか、しっかりと考えることが大切ではないでしょうか。

その見極めさえつけば、不安や絶望は逆に自分を好きな仕事へとかりたてる大きな力になっていくのではないか。ぼくはそんなふうに思います。

8 病気と死の影におびえる不安

不条理な死というものへの恐れ

人間のさまざまな不安のなかで、死への不安というのは根源的な不安だと言えるでしょう。命あるものは、みんなその命を失うときのことを想像しては、誰もが不安になる。

人間の命には限りがあります。逆に、もし永遠に生きていられると保証されれば、生きていることにうんざりしてしまうかもしれません。いずれにしても、自分はいつかこの世を去っていく。そういう実感があればこそ、人間は命というものを、これほどいとおしく感じるのではないでしょうか。

大伴家持《おおとものやかもち》に、

「うららに　照れる春日《はるひ》に　ひばりあがり　こころかなしも　ひとりしおもへば」

という歌があります。これは『万葉集』のあまりにも有名な歌のひとつです。

最初、中学生のときに読んだときは、「こころかなし」というのがピンときませんでした。「うらうら」で「春の日」なのだから、「こころうれし」じゃないのか、と。思い浮かぶのは、青い空に白い雲。緑の野原が広がって、ピーチクパーチクと元気な声でひばりが空高く飛び上がっていく情景です。

見るからにこころが弾むような春ののどかな風景のなかで、「こころかなしも」の「かなし」とはいったい何か。

万葉時代の「かなし」は、現代の「悲しい」とは意味が違う、ということはそのとき先生が教えてくれました。

天地万物のさまざまな存在感が身にしみてくるような感覚を、「かなし」といいます。あるいは、「いとし」という言葉とも重なっていると思います。この歌の場合、作者の大伴家持がそこに感じているいとしさ、切実な気持ちの背後には、目の前の春が、いつかは失われてしまうものだ、という感覚があるからではないか。

春はあっというまにすぎてゆく。やがてすぐに灼熱《しゃくねつ》の夏、そして、枯野《かれの》の広がる秋になり、雪のつもる冬になっていくだろう。いまは空高くさえずっているあの若いひばりも、やがて年老いて、空高くは飛べなくなっていくだろう。

そんなことが頭のなかに浮かんできますと、目の前の春の風景がのどかであればあるほど、人生もあっという間にすぎ去って帰ってこないことを痛感させられる。自分もともに歳月を重ねていき、この世から離れていかなければならない。いとおしければいとおしいほど、それと別れるということが目の前に見えてくる。そこで感じるのが「かなし」という感覚だと思うのです。

つまり、「かなし」という感覚は、存在の不条理みたいなものを体で感じるとき、そこから生まれてくるものではないでしょうか。

それも、人間が命あるもの、有限なるものだと実感すればこその話です。死というものがあるから、人間は不安になる。生まれてきた人間は、たとえ天寿をまっとうしても、ふつう八十年から百年くらいの間でこの世を去らねばならない。そのことを、みんな頭でははっきりとわかっています。平均寿命などの統計を見れば、そんなことは誰でも知っています。

しかし、死ということをいちいち考えて不安がっていたら、この競争社会のなかではとても生きていけません。たとえば、小学生が中学受験の最中に、自分は何十年かのちにはこの世を去っていく身である、みたいなことを考えていたら、とても受験勉強などはやっていけないでしょう。

競争社会では、いつも目の前のことを一所懸命に頑張っていく。いまの人生がとりあえずつづいていく、という感覚がなければ、競争などそもそもできません。

死と直面することで生を実感できる

ぼくらは競争社会に生きている限り、自分がいつかは死ぬ存在だ、などと考えていたら、落伍《らくご》してしまう。ですから、それをあまり考えないように、こころのなかに黒い壺のようなものをつくっているのではないか。そして、そういう考えが浮かんできたら、壺のなかに押し込めているのです。上から重石《おもし》を載せて、それが出てこないようにして、一日一日を生きているといってもいいでしょう。

けれども、どんなにこころのなかの壺に押し込めて、上から重石を載せても、押さえきれないものがあります。その壺のなかにたまったものが発酵して、古いメタンガスが噴き上がってくるように、ある瞬間にどっと噴き出してくる。それが存在の不安なのではないでしょうか。

命の持つ有限性というものを、体ははっきりと予感しています。やがては自分がこの世を去っていくという感覚は、どんなに悟りを開いた人であっても、どんなに覚悟が決まった人であっても、非常に恐ろしい、不安なことに違いありません。まさにそれは、こころ萎《な》えることなのではないか、と思います。

最近では、インターネットで仲間を募って死のうと考える人も出てきているらしい。そういう人は別ですが、ふつうの人は、有限の生命というものを肌で感じたときに、えも言われぬ不安感というものを覚えずにはいられません。

いったい、どんなときにそれを感じるか。

たとえば、人の死に直面したときがそうです。ふだんは死のことなど考えていない人が、身近な人が亡くなったという知らせを受けたり、葬式に出席して遺族に会って話をする。こういうことがあると、突然、人の死という事実について考えさせられる。死とはこういうことなのか、と実感するわけです。

通夜の席などでは、こういう場で笑ったら不謹慎だな、と思いながら、少しお酒を飲んで、故人の思い出話をしながら談笑する。そのとき、亡くなった人の友人や仲間や集まってきた人たちのあいだには、でも、自分は生きている、という生命の充実感みたいなものが漂っているのを感じます。通夜の席に集まってきた人は、顔は沈痛な表情でも、みんなイキイキしている気がする。

逆に言えば、そういう機会以外に、ぼくらが日常生活のなかで死を実感することは、ほとんどなくなりました。

いまの日本もそうですし、一般に文明社会では、できるだけ人間の死というものをおおい隠して見えなくしているようです。生命の有限性を感じさせないシステムになっている、と言ってもいいでしょう。そこでは、死というものがあらわに見えません。

現在、ほとんどの人が病院で死を迎えています。しかし、むかしは日本でも、ほとんどの人が自宅で家族に看取られて死んでいきました。

その場合、必ずしもみな平穏に死ぬわけではなかったでしょう。なかには、じたばたしたり、大声で叫んで苦痛を訴えながら死ぬ人もいたに違いありません。「痛い、痛い！」と絶叫しつつ息絶える人もいれば、周りの人たちが必死で押さえて、やっと臨終を迎えるという人もいたはずです。

そうすると、死という現実が目の前にある。家族や親戚は、身近な人の生命がどうやって消えていき、どういう最期を迎えるのか、その過程をずっと見ることになるのです。

そして、息が絶えたのちに喪の儀式が行われます。死んだ人の体を洗って清め、家族が一人ひとり、ガーゼで唇をしめらせ、死に水を取る。かつてはそうした儀式を行いながら、なまなましいまでに、ひとりの人間の死というものを実感することができました。

ぼくの母親は四十代の前半で亡くなりました。ぼくが中学生のときでしたが、そのとき、たらいに湯をはって、母の体を入れて洗ったのを覚えています。母はどちらかというとふっくらとした感じの人だったのですが、たらいのなかに入れたとき、それがあまりに小さくて貧弱な肉体だったのにびっくりしました。不気味なほどその小ささを実感した記憶があります。

母が死んだのは敗戦の翌月のことでしたし、当時、人の死というのは日常茶飯事でした。ですから、そうした体験はそれ以外にもいろいろあります。

戦後に引き揚げてきてしばらく住んだ九州の山村では、二、三年くらいのあいだ土葬をしていました。それも、遺体を長い形の棺に入れるのではありません。風呂《ふろ》桶《おけ》のような形をした桶のなかへ座らせて、上からふたをして、縄をかけて天秤棒で担いでいくのです。

それを土のなかに埋めるわけですが、遺体がなかなか桶にはいらないことがあります。そんなときには、力の強い人が押し込める。ボキボキ音をさせて骨を折って、遺体を桶のなかに入れてしまう。それを見るということは、ああ、人間は死ぬんだな、と痛烈に感じる機会を得ることでもありました。

しかし、最近はそんな体験をする人はほとんどいないと思います。臨終《りんじゅう》を迎えるのは、病院の集中治療室のようなところです。そこに、まるで顔に防毒マスクをつけたような状態で人工呼吸器をつけて横たわっている。よく、スパゲッティ状態などと言われますが、何本ものチューブでつながれていて、親族は心電図の波形が出ている機器をじっと見つめているわけです。

臨終の瞬間、つまり心電図が止まった瞬間を見逃してしまうこともあります。そうすると、看護師に「もうお亡くなりになりました」と言われて、やっと死の事実を知る。そんなふうに、病院では人の死もすべてが機械的に進んでいきます。

最近、火葬場へ行く機会がありました。そこには、きれいに装飾を施《ほどこ》されたかまがずらっと並んでいる。遺体が次から次へと運ばれてきてそのなかに入れられる。そして、ホテルのような大理石のフロアで待っていてしばらくすると、きれいに焼かれた骨が出てくる。

もちろん、その骨を拾うだけでも、死や生命の実感というのはかなり感じられます。それでも、むかしのような実感は希薄になったと言わざるをえません。

そういう日本とは対照的に、いまだに死が日常的にありふれたものとして存在している場所もあります。たとえば、インドへ旅行する人は、しばしばガンジス川のほとりに薪《まき》を積み上げて、死体を焼いている光景を目撃するでしょう。貧しい人の場合は、きれいに焼いてもらえずに、半焼けのような状態のまま、崩すようにしてガンジス川に放り込まれてしまう。

そんなことがインドでは日常の風景になっています。、行き倒れの人もいる。そういう人が道ばたで息絶えた姿も、いやでも目にはいります。

しかし、死をそのようにありふれたものとして認識することによって、ぼくらは人間の生命をいやでも実感できるのではないか。そして、いま生きている自分や、いつかは失われていく自分の生命に対する感覚を強くするのではないか、と思うのです。

ぼくらが感じる死の不安というのは、それとは逆に、漠たる不安であり、希薄なオブラートに包まれているような不安感だ、という気がします。

要するに、ぼくらはいま、死というものとあらわな形で向き合っていません。そのため、生の実感もじつは希薄です。と同時に、死への恐怖感もまともに感じるということがない。死も漠たる不安でしかない。強烈な死への恐怖というものがない限り、生きているという強烈な生の実感もないのだろう、という気がします。

たとえば、戦争という極限状態のなかにいる人間は、つねに死と隣り合わせに生きなければなりません。トルストイの『戦争と平和』の登場人物が、戦地で倒れたまま意識を取り戻す場面があります。彼は青空を眺め、周りの死体を見る。そのとき、自分の生命を実感し、生きているということを痛烈に感じるのです。戦場で戦っている兵士たちは、みんなそれと同じ感覚を感じているはずです。

しかし、そういう機会が少なくなったいま、なんとなくなし崩しのような感覚のなかで生きている、と感じている人が多いのではないでしょうか。生きているのか死んでいるのかわからないような状態で生きている。むしろ、そのことが大きな不安の原因になっている、という気がしてなりません。

あえて言わせてもらえば、絶望ならまだいいのです。恐怖もまだいい。不安というのは中途半端な状態です。恐怖なら、心臓が止まりそうになるとか、いろいろなことがありますが、不安というのは緩慢に人のこころを萎えさせる働きを持つ。

極端な言いかたをすれば、不安をなくす方向へいくよりは、逆に不安を恐怖や絶望の域まで強めていくほうがいいのではないでしょうか。つまり、もっと強く不安になったほうがいい、ということです。

むかしフランスのニースへ行ったときに、イサドラ・ダンカンのことを思い出したことがありました。イサドラ・ダンカンという人は、ギリシャ的な肉体の自由ということに憧れて、女性を解放するダンス、どこも体を締めつけない自由なダンスというものを提唱して、一時代を画した人です。

彼女は〈ダンス界のピカソ〉とまで言われた人でしたが、一九二七年に不幸な事故で急死しました。

それは、彼女がニースでスポーツカーに乗って、スタートしようとしたときでした。たしか、ブガッティのオープンカーだったと思います。彼女は集まったファンに向かって「さようなら、また会いましょう。私には未来永劫《えいごう》の栄光が……」という名文句を言って手を振ったという。そして、車が急発進しました。

その直後、突然、彼女が首に巻いていた長い真紅のスカーフが車の後輪にからみついて、首がぎゅっと締まって即死してしまったのです。

おそらく彼女は、長いスカーフを風になびかせながら、ものすごい勢いで車をスタートさせて、ファンの視界から遠ざかろうとしたのでしょう。そういう劇的なシーンを見せようとして、一瞬のうちに死を迎えてしまったのでした。

そんなことを考えると、人間にはいつ何が起こるかわかりません。いまはこうして元気でも、明日は交通事故でこの命がなくなってしまうかもしれない。

ただ、そうやってふと感じたことを、ぼくらは次から次へと流して忘れてしまっています。ですから、体が語りかけてくる不安というものに、しっかり耳を傾ける必要があると思うのです。死の不安に対しても、たじろがずに正面から対峙《たいじ》していくことで、そこを突き抜けた強烈な生の実感というものが出てくる。そんなふうに感じています。

かつて、ヨーロッパやアメリカの知識人は、生命力が枯渇《こかつ》してきたなと思うと、よくアフリカへ行ったり、サハラ砂漠へ行ったりしました。文明国である母国から、ある意味では非文明的な世界に行くことで、活力を回復しようということなのでしょう。

ぼくはそういうやりかたはあまり好きではありません。未開の場所へエネルギーを補給しに行くような形で出かけるのは、石油を探すのと同じで、ちょっと許せないという気がしてならないのです。

彼らが冒険とかハンティングとか、死と隣り合わせの危険をわざわざ求めていく目的は何か。それは、冒険による名声を得るためというよりは、そういう危険をすり抜けていくなかで、おそらく生の実感というものをつかみたいからでしょう。それが、ヨーロッパやアメリカの冒険家たちを駆り立てる動機だろうと思います。

たとえば、危機一髪のところで猛獣をしとめる。その刹那《せつな》に、ああ、生きていてよかった、と感じるのでしょう。撃ち殺した猛獣、トラとかヒョウの死骸《しがい》を前にして、彼らは強烈な生の実感を得るわけです。そこには、一歩間違えば死がひそんでいます。その感覚は、わからなくはない。

そうしたことを、世界の果てまで求めていく人びともいます。一方、ぼくらが日常的に生きている世界には、幸いにして猛獣もいませんし、戦火もありません。どちらかと言えば、アナログではなくデジタルな世界に生きていて、人間の死さえも

「消去《イレース》する」という感覚で受けとめざるをえなくなっている。

子どもたちが夢中になっているファミコンなどの世界もそうです。そこでは、人が死んでも、リセットさえすればすぐに元に戻る。そこには死の恐怖も苦痛もありません。社会全体からあらわな死は隠蔽《いんぺい》され、ソフトフォーカスになっている気がします。

けれども、くり返して言っているように、ぼくらは死に対して漠然たる不安を体で感じている。それなら、漠然たる不安でなく、もっと強烈な不安を感じたほうがいい。ぼくはむしろそんなふうに思ってしまうのです。

この世でただひとりの存在である自分

人間は必ずどこかで、生きていることの不安定さ、生命のもろさというものを感じています。こころで感じなくても、あるいは頭でそれを理解しなくても、肉体で感じている。その感覚を覚えている。そういう感覚に耳を澄ませることが大事なのではないか、という気がしてしかたがありません。

これは当然のことながら、病気ということとも結びついてくるわけです。

体の発する声に耳を傾けよう、というのは、ぼくのもう三十年来の長いテーマです。体は必ず自分に向けて語りかけてきます。睡眠不足でこれ以上は保《も》ちませんとか、気圧が下がってきて血管が拡張しかけているので要注意ですとか、いろいろな声が聞こえてくる。

ぼくらは、その語りかけてくる内面の声なき声のようなものに、もっと耳を澄ませるべきなのです。それを聞く耳を持たないということは大きな問題だろう、という気がずっとしていました。ぼく自身、病院のお世話にならずに健康を維持するために、体の発する声に耳を傾けるということを大事にしてきたのです。

体は、人間の生命が有限であるという感覚を得ると、何かパルスを発してその人に語りかけてくる。それに真摯《しんし》に耳を傾ける必要があるのです。

『こころ・と・からだ』のなかでも何度も書きましたが、ぼくらは死と隣り合わせの生というものを生きています。そして、自分が健康でなくなるのではないかという不安、病気への不安を強く持っています。

そのため、ガン保険とか、積み立て式でない保険にはいるとか、みんないろいろなことをしています。ぼくの周りでも、たいていの人がそういう保険にはいっている。それは、やはり健康に対する不安があるからです。万一、ガンで闘病することになったら、健康保険ではとても足りない、と不安を感じるからでしょう。

けれども、人間がかかる病気はじつに多岐《たき》多様《たよう》です。

しかも、これだけ医学が発達しても、次から次に恐ろしい病気が発生している。エイズ（後天性免疫不全症候群）もそうですし、エボラ熱などもありました。近年では、中国や東南アジアで原因不明の肺炎（重症急性呼吸器症候群＝ＳＡＲＳ）が発生して、パニックを引き起こしています。未知の病気であるために治療法がわからず、大勢の人たちに伝染している。

そうした病気を恐れていては、生きていけません。かといって、それを無視することもできません。

では、どうすればいいのか。そう考えてジョギングをしたり、ウォーキングをしたり、スポーツクラブに通ったりする人がいます。気功やヨガをやったり、呼吸法の訓練をしたり、体にいいと聞けばなんでもやってみる人もいます。

これはやはり、文明社会のなかで、健康に対する不安というのがいかに広く行きわたっているか、ということでしょう。

しかし、ぼくは健康のありかたについても、治療のありかたについても、一人ひとり違っているべきだ、と思うのです。地球上に六十三億人の人間がいるならば、本当は六十三億通りの治療法や健康法があるべきなのです。ただし、実際にはそこまで細かく対応することが不可能なので、平均値で考えている。六十三億人を全部平均して、同じタイプの人間だと考えなければ、治療などはできません。

たとえば、売薬の用法や用量などを読むと、便宜上、「十五歳未満」「十五歳以上」というようにして子どもと大人のあいだに線を引いている。そして、子どもは大人の用量の半分、とか書いてあります。

しかし、体重が三十九キロしかない大人もいれば、子どもでも八十キロの人がいます。その人の年齢とは関係なく、一人ひとり体重も違えば体型も違っています。

もちろん、ＤＮＡも全部違う。それだけ違っているにもかかわらず、共通点だけを探してそこに対して処方するというのは、どう考えても無理がある。

そうすると、病気の治療などできない、という話になってきます。とりあえずスタンダードな基準を決めておいて、その基準で治療するのが現実的だ、と言われればその通り。

では、どうするか。やはり自分の体は自分で面倒をみて、できるだけ治療は受けない、ということになってくるわけです。非常に乱暴で無茶なことを言っているようですが、ぼくがほとんど病院へ行かないのも、できるだけ化学的な薬を飲まないようにしているのも、そのためです。

紀元前六百、五百年のむかし、ゴータマ・シッダールタという青年が生まれました。いまは釈尊《しゃくそん》とか釈迦《しゃか》と呼ばれている仏教の創始者です。

そのゴータマ・シッダールタは、生まれるとすぐに七歩歩んで、「天上天下《てんじょうてんげ》、唯《ゆい》我独尊《がどくそん》」と言ったという。もちろん、これは伝説のたぐいですが、ぼくは最初、この「唯我独尊」という言葉の意味がどうもよくわかりませんでした。なんとなく、

「この世でただ自分ひとりが尊いのだ」と言っているように思えてしかたがなかったからです。

　この言葉の解釈はいろいろあります。いま、ぼくはこの言葉を「世界中に自分という人物はたったひとりの存在である、そのことのゆえに価値があるのだ」と受け取っています。

　つまり、「唯我独尊」という言葉は、自分が自分だけの人間であって、ほかの人とは違う人間であるということを伝えているのではないか。そのことをぼくらはしっかり認識する必要がある、と思うのです。自分という人間は誰とも似ていない。母親とも父親とも違っている。顔は似ていても、体は違う。そして、昨日の自分は今日の自分ではないということです。それがじつはとても大事なことではないか。

　子どものころは腺病質《せんびょうしつ》で扁桃腺が腫れてばかりいて、体が弱いと思われていた人が意外に長生きしたりします。若いころはスポーツをやっていて、アメリカン・フットボールのキャプテンまでやっていたのに、体をこわしてあっけなく亡くなる人もいます。

これは、昨日の自分は今日の自分ではない、ということがわかっていない、ということだろうと思います。

自分は他人とは違うということと、今日の自分は昨日の自分ではなく、明日の自分でもないということ。その刹那《せつな》に生きている自己、刹那に生きている命というものを、もっと真剣に考える必要がある、と思えてしかたがありません。

そして、結局のところそこから出てくるのは、人間には一般的な健康法などないということです。

たとえば平熱にしても、一人ひとりみな違っています。三十七度二分が平熱だという人もいれば、若い人のなかには三十六度台で平熱という人もいる。血圧もそうです。

あるいは、「世間ではこう言われている」という常識みたいなものがあります。たとえば、いままでは「朝ごはんをきちんと食べると健康にいい」という説が正しいとされてきました。でも、最近では「朝ごはんは食べなくてもいい」という説もある。いったいどっちの説を採ればいいのだろう、と迷う人もいることでしょう。

それは、朝食をきちんと食べたほうがいい人は食べるべきです。反対に、朝食を食べないほうがコンディションがいい人は食べるべきではない。

世間で言われているスタンダードなものに対して、いや、自分は自分だ、他人とは違っていていい、と考える。独自のオリジナリティを打ち出すべきなのです。

睡眠時間にしても、一日三時間でいいと言ってがんばっている人もいるでしょう。逆に、十時間近く寝ているという人もいる。むかし、越路吹雪《こしじふぶき》さんが、ふだんでも十時間か十一時間寝ないと低血圧で調子が悪い、と言っていたそうです。それを聞いたときは、いくらなんでも寝すぎではないかと思いましたが、それも人それぞれなのです。

もちろん、大まかな基準点というものはあります。たとえば、睡眠時間の標準は七時間から八時間、というふうに言われてきました。およそ一日の三分の一。しかし、その大まかな基準点は、それを決めないと世の中が動かないために、仮に決めているだけです。それなら、自分には当てはまらない、と大胆に考えてしまったらどうでしょうか。

自分は他人とは違う。「唯我独尊《ゆいがどくそん》」なのです。

人間の値打ちというのはどこにあるのでしょうか。それは、ほかに似た人がいないということです。何かをしたから値打ちがあるとか、何かをしないから値打ちがないとかいうことではありません。とにかく希少価値があるということ。たったひとりの自分だから値打ちがある、と考えればいい。ほかに類がないということが、この世にあってひとつの値打ちなのです。

たとえば、ピカソの絵を見たときに、オリジナリティがある、独創性があって素晴らしいと考えます。オリジナリティというものは力です。こういう絵を描ける人はほかにはいない、という人がいたらその人は天才です。誰とも似ていないということが、その人にとってのすごい存在理由なのだと思う。

そうは言うものの、誰とも似ていないということを不安に思う人が多い。みんなと同じように、というのがいまの時代の合言葉ではないでしょうか。そのため、雑誌やいろいろなメディアは、いまはこうあるべきだ、健康になりたいならこうしなさい、ということをさかんに言う。その時代の流行に乗っていないと不安だ、という人も多いでしょう。でも、それは間違っていると思います。
「犀《さい》のごとく独りゆけ」というブッダの言葉をくり返し思い出します。群れをなさず、ほかの仲間となれ合わず、ゆっくりとある方向へ向かって歩いていく犀の姿。それは、なんとなく、人間が生きる大事な姿勢を表しているような気がしてなりません。

たしかに、みんなと一緒、同じなら寂しくないかもしれません。島国に住む日本人は、これまでムラ社会のなかで折り合って暮らしてきました。それでも、やはりそういうことから離れて、自分はひとりだ、と考えることが大事なのです。

「唯我独尊」で生まれてきたのですから、生きかたも死にかたも一人ひとり違っていていい。自分のオリジナリティというものを選べばいいのです。そう考えることで、犀のごとく独り歩んでいくエネルギーが出てくるのではないでしょうか。

9 すべてが信じられないことの不安

みんなちがって、みんないい、の世界

さて、『梁塵秘抄《りょうじんひしょう》』に、こんな歌があります。『梁塵秘抄』とは後白河法皇が平安時代の流行歌である今様《いまよう》や催馬楽《さいばら》を集めた歌謡集です。

女の盛りなるは
十四五六歳廿三四とか
三十四五にし成りぬれば
紅葉の下葉《したば》に異ならず

後白河法皇の今様に対する熱中は尋常《じんじょう》ではなくて、のどが嗄《か》れて声が出なくなるまで歌い続けたと『梁塵秘抄口伝集《りょうじんひしょうくでんしゅう》』に記されています。

若いころならまだわかるのですが、その時の法皇は六十歳近くだったというので

すから、酔狂《すいきょう》もここまでくると天晴《あっぱ》れです。

遊びをせんとや生まれけむ
戯《たわぶ》れせんとや生まれけん
遊ぶ子供の声聞けば
わが身さへこそゆるがるれ

後白河法皇の心境は、まさにこの今様に歌われている通りだったことでしょう。

佛は常に在《いま》せども
現《うつつ》ならぬぞあはれなる
人の音せぬ暁《あかつき》に
仄《ほの》かに夢にみえたまふ

『梁塵秘抄』には、こういった仏歌も多く収録されています。ふたつの今様には、通底する世界観のようなものが感じられます。そこが『梁塵秘抄』とその時代のおもしろいところです。

というわけで、この歌謡集は、当時の人びとの仏教観を知るうえでも貴重な資料になっています。

余談ですが、親鸞《しんらん》が晩年に著述の集大成として書き続けた『和讃《わさん》』(三帖和讃)は、今様の形式を踏襲《とうしゅう》したものです。

文字を読めない人たちにも仏の教えを伝えようとしたとき、親鸞が選んだのは今様の形式でした。

七、五、七、五のリズムは、人のこころの奥にまで染み込んでいく、不思議な力があるのだろうと思います。

その力を見極め、のちに『正信念仏偈《しょうしんねんぶつげ》』(正信偈)と『和讃』の六首を組み合わせて、朝晩の勤行《ごんぎょう》スタイルに指定したのが、蓮如《れんにょ》という人です。

当時の平均寿命は短いものでしたから、十七歳くらいで人生の半ば、というのが一般的な感覚でしょう。仏教の死生観や無常観が色濃く反映しているのは、言うまでもありません。

それが、胸腺の退縮から考える老化とほぼ一致しているのは、たいへんに興味深く感じられます。

〈我《われ》ありて彼《かれ》あり〉というのは、仏教の縁起《えんぎ》を端的に示す言葉です。

少し詳しく書くと、

これあれば彼あり、これ生ずるが故に彼生《しよう》ず。

これなければ彼なし、これ滅するが故《ゆえ》に彼滅す。

となります。縁起では、若さと老いの関係は、若さがあるから老いがあり、老いがあるから若さがある、というお互いに支え合う、相互に依存した関係と考えます。

たとえば、高齢の人の落ちつきやいぶし銀のような存在があるからこそ、若者の未熟だけれど潑剌《はつらつ》とした存在がきらきら輝く。老年の枯淡《こたん》がみごとであればあるほど、若さも無鉄砲さも輝きを増す、ととらえるのです。

若さも素晴らしいけれど、老いも素晴らしいじゃないか、と仏教ではどちらをも評価するわけです。

そんなことを言ったら、全部いいということになるじゃないか、と思われるかもしれません。そう、全部いいと考えるところがおもしろいのです。

詩人の金子みすゞさんに『私と小鳥と鈴と』という詩があります。そこで「みんなちがって、みんないい。」と歌われています。

金子みすゞは山口県の出身で、幼いころからお祖母さんに手を引かれて、お寺通いをしていました。浄土真宗の文化圏で生まれ育った人なのです。

金子みすゞは若くして自殺します。

あれほど豊かな感性を持つ詩人がみずから死を選ぶのか、とため息をつきたくなりますが、繊細な感性を持っていたからこそ、みずから命を絶たざるをえなかったのでしょう。

みんないい、全部いい、は、ブッダ・ゴータマの「一切皆苦《いっさいかいく》」。すべては苦である、すべては思うにまかせない、という認識と表裏一体をなしていることを忘れてはならないと思います。

裸で生まれてきて、裸で死んでいく

車に乗って移動していると、温泉センターの看板をよく見かけます。たいていは、新しく掘り当てられた温泉で、広い駐車場をそなえ、センターの中にはさまざまな趣向を凝らしたお風呂がいくつもあるようです。

家族連れで、気軽に温泉を楽しめる、ということで、週末や休日にはかなりにぎわっていると聞きます。

お盆どきにそういう温泉センターに行った経験のある人の話では、湯船に入るにも順番待ちをしなければならなかったくらいだそうです。

お盆の時期なので、実家に里帰りした息子や娘の家族たちが、おじいちゃんおばあちゃんと一緒に来ているから、ものすごく混んでいたらしいのです。

そのとき、ちょっと身につまされる話を聞いたと彼は言うのです。屋外にあるヒノキ風呂に浸かっていると、それぞれの家族を連れて来たらしいおじいちゃんふたりが話している声が聞こえてきた。

「こうやって、孫の顔が見られて、おじいちゃんおじいちゃんと言って、なついてくれるのも、お金があるからだよ」とひとりが言うと、「本当にそうだ。金がなければ、息子や孫も寄りついてはくれないだろうな」と、もうひとりも深くうなずく。

「金は出して、口は出さない。これがいちばん」

ふたりのおじいちゃんは、ほどなく呼びに来た小学生くらいの孫に連れられて、ヒノキ風呂を出て行ったというのが彼の報告でした。

こんなふうに書くと、なにか息子や娘、孫が総がかりでおじいちゃんおばあちゃんから金銭をむしり取っていく、というように感じられたかもしれません。

が、実際は、おじいちゃんおばあちゃんのほうが、子どもや孫になにかしてやりたい、おもちゃでも買ってやりたい、小遣いでも渡してやりたい、という気持ちがあって、それをするには、ある程度の経済的余裕が必要だ、ということなのです。老後のそなえ、として、まず頭に浮かぶのは、預貯金や年金といった経済的なそなえです。

夫婦で日々の生活を営み、それほどお金のかからない趣味を楽しみ、たまには旅行に出かけたり、息子や娘が帰省したときには、孫に小遣いを手渡したり、温泉センターに行ったりする。その程度の暮らしはしたいものだ、と思う人は多いでしょう。

こういう老後のそなえに関しては、すでに老年を迎えた人たちよりも、中年の人たちにとっての切実な問題です。

いまのミドル・エイジの人たちは、大変です。子どもにも教育費などにお金がかかり、生活を維持するのも楽ではないのに、不況で給料が上がるどころか下がっている、ボーナスも出ない状態なのですから。

自分たちの老後にそなえて貯金をしようにも、それだけの余裕はないのです。

すでに老年を迎えて、リタイアかセミ・リタイアしている人たちは、確保している老後資金をいかに守っていくかが、当面の問題になっているのではないでしょうか。

銀行が倒産する時代ですし、銀行が倒産したときに一定限度の金額以上は保証されない制度（ペイオフ）が実施されたいま、経済的な不安を感じるのは、当然です。じたばたしても始まらない、とまずは開き直ってどっしりとかまえることが大切ではないかと思います。

なぜかといえば、経済の予測は、専門家でも難しいものだからです。

新聞の経済面や専門誌を読めば、明らかです。実にさまざまなことが言われています。ノーベル賞を受賞した経済学者でもマーケットの動向をつかみ損ねたのですから、簡単ではありません。

人間本来無一物《にんげんほんらいむいちもつ》、という言葉があります。

禅家でよく言われる言葉ですが、人間はもともとなにも所有していないのだ、という意味です。

裸で生まれてきて、裸で死んでいく。

いまの生活が普通なのではないのだ、ひどく贅沢《ぜいたく》な不自然なことをしているのだ、ということです。

なにも持たず裸で木の下で眠り、自然の恵みを口にして命をつないでいるのが、本来なのだ。

そう思うと、とりあえず、食べるものも着るものもあり、雨露をしのげる場所もあることはありがたいことだと思えてきませんか。

大悟の人でなければ、いまの生活への執着をすっぱりと絶つことはできないでしょう。

われわれ凡夫は、あれやこれやと不安になりつつ生きていくのが相応ではないでしょうか。本来は無一物なのだ、と思っているだけでも、不安につけこんで、人を食い物にする詐欺商法の被害に遭わないで済むと思います。

すべてを投げ捨てれば、明るく生きられる、と売り込んで来る怪しげな宗教にも要注意です。

温泉センターで話をしていたふたりのおじいちゃんたちのように「それでも孫は

かわいい。お金がなくなって、孫が寄ってきてくれなくなるのは、寂しい。孫になにも買ってやれない自分は、みじめだ」といったふうに思われる人がいらっしゃるかもしれません。

でも、考えてみてください。あなたのかわいいお孫さんは、あなたが手渡してくれる小遣いや玩具よりも、ほんとうはずっとあなたのことが好きなのではありませんか？

孫はお金目当てで近づいてくる、とあなたが思い込んでいるから、本当はあなたが好きで寄ってくるお孫さんが、あなたの目には、お金目当てで近づいてきているように映っているのではないでしょうか。

あなたはお孫さんを見ているのではなく、自分のこころに映っている姿を見ているだけなのかもしれません。

10　本当の自分が見つからない不安

本当にたいせつなことは内に隠されている

二〇〇三年春、上野の東京国立博物館で催されている特別展を訪れました。西本願寺に所蔵されている古文書や美術品などを拝見してきました。

それらのなかに、蓮如《れんによ》が書き写した『歎異抄《たんにしよう》』もありました。『歎異抄』は写本しか残っていないのですが、蓮如の写本は現存する最古のものです。

奥書《おくがき》に「無宿善《むしゆくぜん》の機《き》においては、左右《そう》なく、これを許すべからざるものなり」、つまりみだりに浄土真宗《じようどしんしゆう》のことをよくわかっていない人にこの書物を気やすく見せてはいけない、と書いてあります。そのために、蓮如は世の中から『歎異抄』を隠した、一般の門徒《もんと》の目から遠ざけた、と誤解している人が少なくありません。

また明治時代に清沢満之《きよざわまんし》が出なければ、『歎異抄』の存在が世間に知られることはなかっただろう、と言う人もいます。

しかし法然の『選択本願念仏集《せんちやくほんがんねんぶつしゆう》』(選択集)にも、「壁の底に埋《うず》みて、窓の前に遺《のこ》すことなかれ」と最後に書かれています。壁の中に塗り込めて、他の人に見せないでください、という意味の言葉です。『選択集』は浄土教（専修念仏《せんじゅねんぶつ》）の庇護者《ひごしゃ》である藤原兼実《ふじわらのかねざね》の要請で書かれたものですから、見るのは兼実本人だけにして欲しいとお願いする形式になっているのです。

どうしてそんなお願いをするかというと、「おそらくは破法《はほう》の人をして、悪道に堕《だ》せしめざらんがためなり」。つまり浄土宗を誤解して仏道から外れるような人を出さないためである、と。

それくらい信仰について書かれた本は大切にされたし、世間の目を憚《はばか》ったのです。御存知のように、のちに宗教的な弾圧を受け、法然も親鸞《しんらん》も流罪《るざい》になりますし、死刑に処せられる者も出ました。

専修念仏の教えは、誤解されやすい、と法然は自覚していたのです。実際、栂尾《とがのお》の明恵《みょうえ》は、清僧としての法然を尊敬していたにもかかわらず、法然の死後、『選択集』を読んで、こんなものは仏教ではない、と痛烈に批判する書『摧邪輪《ざいじゃりん》』を著しています。

親鸞の『顕浄土真実教行証文類《けんじょうどしんじつきょうぎょうしょうもんるい》』、略して『教行信証《きょうぎょうしんしょう》』は、『摧邪輪』に反論する書といった性格も持ちます。

この『教行信証』に親鸞は法然から『選択集』の書写を許されたことがどういうことなのか、いかにうれしく思ったかを書いています。

(『選択本願念仏集』は)無上甚深《むじょうじんじん》の宝典《ほうてん》なり。──中略──その教誨《きょうけ》を蒙《かぶ》るの人、千万《せんまん》なりといへども、親《しん》といひ疎《そ》といひ、この見写《けんしゃ》を獲《う》るの徒《ともがら》、はなはだもつて難《かた》し。しかるにすでに製作《せいさく》を書写《しょしゃ》し、真影《しんねい》を図画《ずが》せり。これ専念正業《せんねんしょうごう》の徳なり、これ決定往生《けつじょうおうじょう》の徴《しるし》なり。よりて悲喜《ひき》の涙を抑《おさ》へて由来《ゆらい》の縁《えん》を註《しる》す。

書写を許可された、ということは、法然から親鸞が深く認められたことになるわけです。法然の弟子は多くいましたが、『選択集』の書写を許されたのは、わずかな人数でした。

当時は、聖典を写し、真影と呼ばれる肖像画を持つことで師と自分との仏縁がつながった証《あかし》にしていたのです。

門外の人、教義に詳しくない人に『選択集』や『教行信証』といった聖典をみだりに見せないというのは、常識だったのです。

『歎異抄』も本文の一番最後に「外見《がいけん》あるべからず」、門外の人に見せてはいけない、と記されています。

ですから、蓮如が奥書に「左右なく、これを許すべからざるものなり」と書くのは、『歎異抄』の作者の意思の尊重であり、重要な聖典のあつかいに関しての当然の形式でしょう。

その証拠に、「右この聖教《しょうぎょう》は、当流大事の聖教となすなり」と蓮如は書いています。最も重要な聖教としての評価を蓮如が宣言したわけでした。

『歎異抄』は浄土真宗の門徒以外にも広く親しまれています。

しかし、「左右なく」読むことができるようになったために、『歎異抄』はひどく誤解されて読まれている面もありました。

『歎異抄』は、親鸞の面授《めんじゅ》の弟子が親鸞亡き後の関東でわき起こっていた念仏の教えの乱れをなげき、正統な親鸞の教えを伝えるために書いたものです。

作者は確定しきれていないのですが、唯円《ゆいえん》という人物であろうとされています。異義や異解をなげいて書かれた書物ですから、もともと激しい意思を秘めた本なのです。親鸞の念仏の教えをある程度は理解していないと、本当には読みこなせないのではないでしょうか。

たとえば、念仏さえ称《とな》えれば人間は救われる、と聞いて、そうか、念仏すればいいのか、じゃあ一日に何回念仏をすればいいんですか、といったようなとらえ方をする人がいるかもしれません。

これは、浄土教の言葉で言えば、一念か多念かの議論です。このような議論は実際に親鸞在世時にもありました。そのことについて、親鸞は『一念多念文意《いちねんたねんもんい》』という書をあらわし、また手紙（消息）で関東の門弟に答えています。

非常に簡単にまとめると、浄土真宗の教えをしっかりと理解しているか、あるいは、真実の信心が心にさだまっていれば、一念か多念かで争うことはないだろう、ということです。

「善人なおもつて往生をとぐ、いはんや悪人をや」という一節が出てくると、ああ、善い人よりも悪い人が優先的に救われるんだったら、もっと悪いことをすれば、かえってたくさん仏さまに愛されるのか、という誤解も生じます。造悪無碍《ぞうあくむげ》という異義です。

そういうふうに誤解されやすい、きわどい真実というものがたくさんはいっているから、ある程度の思慮分別というか、念仏や真宗というものについての基礎的な知識のある人に読んでもらいたいということです。『歎異抄』というのは算術でなく微分積分なのです。そのあたりのことがわからないと誤解されやすいきわどい書物なのです。

さて、蓮如がいわゆる「御文章《ごぶんしょう》」とか、「おふみ」と言われる書簡文を書きはじめたのが、一四六一年です。その時代のことを調べてみると、ものすごい大飢饉《だいききん》と不況、凶作が連発し、あちこちで一揆《いっき》が起こり、人びとは集団で餓死したりしている状態です。

農村を離れて流浪《るろう》する人たちが都へなだれこんでくる。都ではまったくそれを賄《まかな》うことができずに、つぎつぎに餓死する。餓死した人間たちが次から次へ鴨川に放りこまれて、鴨川の左右の河原は人びとの骸《むくろ》の山になってしまって、都じゅうに腐《ふ》臭《しゅう》が漂い、みんな鼻を押さえて歩いている。

大雨が降って、ものすごい洪水になり三条の方から川下の方へ死体がいっぱい押し流されてみんながほっとした、などという記事があるほどです。正確な数字はわかりませんが、京都だけでも八万四千人以上、当時の人口の何分の一かがそのときに激減したと言われるぐらいの飢饉だったといいます。

そういう時代の不安は何か。もう自分が死ぬことへの不安ではないのではないか。死んだあと地獄へ行くのではないかという不安が先です。生きて地獄、死んでも地獄。死んで浄土へ行けるならいいけど、死んだ後さえも地獄はいやだ、と人びとは思ったのです。

その当時、地獄絵図とか地獄絵巻には、地獄のありさまが克明に描かれています。

これは、親鸞が浄土真宗の七祖のひとりとした、源信《げんしん》が書いた『往生要集《おうじょうようしゅう》』の地獄の描写がもとになっています。たとえば閻魔《えんま》がいて舌を抜くとか、地獄の釜の蓋《ふた》があいて、そこで生きたまま茹《ゆ》でられるとか、串刺しにされている血まみれの絵だとか、そういうヴィジュアルな地獄絵がたくさんあります。

地獄に落ちる恐怖、というのは、中世の人びとにとっては非常にリアルでした。地獄絵によってその存在はもう意識の底にまですり込まれていました。

そうすると、生きていることが地獄である。その辺の野良犬をつかまえて食うなどは当たり前なのであって、人間が人間を食う、犬が人を食う、人がまたその犬を食う、という悲惨な状況です。このような現実の中では、自分が死んだらどこへ行くか。それはもう地獄へ行くしかない、というふうにみんなが思ったとしても無理はありません。

生きているあいだは地獄でも、せめて死んだ後まで地獄に落ちたくない、この世よりもっとひどい地獄に落ちたくないと、みんな考える。そこへ、念仏をすれば浄土に救われるんだという教えが出てくれれば、誰もが欣喜雀躍《きんきじゃくやく》してその念仏の教えにすがってきたことは、まちがいないと思います。

時代によって不安はちがう。つまり、餓死《がし》する不安よりは、死んだ後自分が地獄に行く不安のほうが大きい、ということが一般の気分だった時代があるということなのです。

御文章《ごぶんしょう》には「後生《ごしょう》の一大事」という言葉がよく出てきます。後生の一大事とは、地獄に落ちるか浄土に往生するかのことを言います。

蓮如は、当時の人びとが自分たちは地獄に落ちるしかないという不安、恐怖を持っていたことを知っていたのだろうと思います。だから、その気持ちをなんとか、他力念仏に向けさせるようにしたのです。

「後生の一大事」という言葉を使って、念仏しなければ地獄に落ちるぞ、と人びとを脅して、宗教的な恫喝《どうかつ》をかけていたわけではありません。

後生の一大事と言ったほうが、当時の人たちには、死と生をリアルに考えることができたのです。地獄に落ちるのが嫌だから念仏する、というのは、他力念仏ではありません。が、他力念仏への入り口はそれでもいい、と蓮如は考えていたのではないか、という気がします。

地獄から浄土へと人びとの目を向けさせ、そして、最終的に、生と死の区別がなくなった生死《しょうじ》の世界、つまり、他力念仏の世界にいざなおうとした。

蓮如の方策は見事に成功したわけです。成功しすぎるほど成功した。それによって本願寺は大教団となり、本来とは異なるさまざまな弊害《へいがい》がでた。だから、近代の知識人には蓮如があまり評判がよくないのだろうと思います。

しかし、親しみやすい人だったことはたしかでしょう。北陸の人たちに「蓮如さん」といまでも嬉しそうに呼ばれていることからもわかります。

死への恐怖というのは、むかしは死んだだけではなくて、死ねば必ず輪廻《りんね》するという恐怖感もありました。

輪廻の思想はインドに古くからあるものですが、仏教に取り入れられて日本にも伝わってきました。六道輪廻《ろくどうりんね》の思想です。仏教で言う四苦は、生・老・病・死です。どうして、生まれるが入っているのか、人生は楽しいじゃないか、という人もいるかもしれません。が、生まれるのは苦だと考えられているのです。だから、解脱《げだつ》は悟りをひらくという意味でもあるし、同時に輪廻から脱するという意味です。仏になると、もう生まれ変わりません。

「還来生死輪転家　決以疑情為所止」（生死輪転の家に還来ることは、決するに疑情をもって所止とする）と『正信念仏偈《しょうしんねんぶつげ》』（正信偈）にあります。本願を疑うこころがなくなれば、生死輪転の家にかえることはなくなる、つまり、浄土に往生することは如来に成ることであり、輪廻から抜けるということなのです。ただ、衆生《しゅじょう》済度《さいど》、悩み苦しむ人びとをすくうためにあえて娑婆《しゃば》に戻りたいときは戻ることができるとされています。

「人身《にんじん》うけ難し」と『三帰依文』に言われていますように、六道輪廻では、地獄・餓鬼・畜生・修羅（阿修羅）・人・天の六つの種類が定められています。人は天よりは下ですが、人として生まれてくることすら、ものすごく困難なことだと考えられているのです。

本当はロバに生まれたかもしれないし、修羅に生まれたかもしれない。だから、人として生まれただけでも大変なことなのだ。それはありえないような幸福であり、ラッキーなことだと考えたほうがいい。チベットなどには、小さな体に山のように荷物を背負わされて文句も言わずに歩いているロバがいます。その姿を見て、ロバにだけはなりたくない、とよく思っていました。

つまり、「人身うけ難し」というのは、仏法を聞いて、仏に成ってもう二度と生まれ変わらないようにしなさい、という勧めです。次はどこに生まれるのかという不安や恐怖があるならば、それをバネにして、仏法を身を入れて聞き、仏道を実践しなさいということです。不安や恐怖の力を仏法への熱意、菩提心《ぼだいしん》へと転換させているわけです。

この力の転換は、六道輪廻など信じていない、いまのわれわれにも充分参考になるものだと思います。

人間の不安のなかで、死への不安は根源的な不安である。このことは、西欧の実存主義哲学の出発点でもあります。人間は自分が死ぬということを知っている。けれど、自分の死を自分は体験できない。だから、死を思って不安になる。この不安から逃れるために人はさまざまな気晴らし（パスカル）をして頽落（ハイデガー）に人生を送る。もし、人生をなにかしら意味のあるものとして充足させたいと思うなら、死をしっかりと見つめ、自分は必ず死ぬのだと死を受け入れて、そこから限定された生の時間を大切に生きていくべきだ。

と、まあ、若いころに読んだ哲学書ですから、うろ覚えなのですが、『不安の概念』や『死に至る病』を書いたキェルケゴールや『存在と時間』のハイデガーは、おおよそこんなふうに言っていたように思います。

キェルケゴールは、不安は自由のめまいだとも言っています。そして、不安の可能性は「有限性の中で息を引き取るか、無限性の獲得か」だとも書いています。少し難しくなりますが、言い換えると「絶望」するか「自由」になるかだという主張です。当然、不安に徹して、「自由」への可能性を開け、と彼は言うのです。そして、この主張がハイデガーに引き継がれるわけです。

興味深いことに、彼のキリスト教の「原罪」の捉えかたは、人は自分の力では決して完全な存在、つまり、神になれないことを証拠だてるものだというものなのです。

これは、親鸞の「悪人」と大変に似通った人間存在の把握です。親鸞の「悪人」とは、煩悩《ぼんのう》に苦しみながらも自分の力では決して仏に成れない人間存在という意味です。自力では仏に成れないから、他力によって仏にしてもらうわけです。

不安を徹底して絶望に至るのではなく、ある転回点で絶対的な自由を獲得する、という考え方にも共通性があるように思えます。

お念仏、というと、なにか泥臭く古くさいような印象がありますが、ちょっとなかをのぞくと、実存主義や現代思想との共通性が垣間見えたりするのも、おもしろいところです。

「人はなぜ失われていくもののみを愛するのであろうか」という皮肉な言葉があります。永遠に自分のものであるとわかっているとそれを愛さない、やがて失われていくものであると思えばこそ人はそれを愛するのだ。

人の命もそうなのです。永遠に生きていられると保証されたならば、生きていることにうんざりしてしまうかもしれない。いずれにしても自分はこの世を去っていく、そういう実感があればこそ人間は、命というものをいとおしく感じるものなのでしょう。

死というものがあるから人間は不安になる。だけど、もしも死というものがないとしたら、むしろこれほどの不安というか、恐ろしい存在感というものはないんじゃないかと思うのです。やはり人間は、死が恐ろしい。

結局、人間はこころのどこかで、あるいは体のどこかで、胃とか心臓とか肌とか、いろんなところで自分の人生の有限性というものを実はちゃんと意識している。意識しつつも頭のなかでそれを確認しようとしない。だけど、体はそれを感じる。感じるときに生まれてくる感覚が一種の、何とも言えない不安感であり、不条理感だろう、という気がするのです。

人は有限の生命というものを肌で感じたときに、えも言われぬ不安感というものをおぼえる。では、この不安とどう向き合い、どう付き合っていくのか。それぞれの人間につきつけられた課題なのです。真摯《しんし》に立ち向かい、自由を手にするのか、それとも、パスカルが言うところの気晴らしでごまかしてしまうのか。その選択によって人生の充実は大変に異なるだろうと思います。

人間が生まれてくるということも偶然だし、人間が死んでいくということも、大きな宇宙の中の星屑《ほしくず》がひとつ燃えるような、そんなふうなものだと思います。しかし、われわれは人間としていまここに生を享《う》けている。この事実を大切に受け止めたいと思います。

エピローグ　不安をより強く生きる力とするために

最近、たくさんの人が「不安」という言葉を口にするのを耳にします。

不景気、失業、そして政治に対する不信感もひろがっている。ＩＴ（情報技術）などの技術革新のスピードについていけず、取り残されることへの恐れもある。

あるいは、うつ病やパニック症候群というような〈こころの病気〉になって、心療内科に通っている人もいる。若い人たちは若い人たちなりに大きな不安を抱え、年配の人たちは年配の人たちなりの大きな不安を抱えている。

また、いま世界中が戦争の足音におびえています。あるいは、グローバル・スタンダードというような大きな枠組みのなかで締めつけられていて、どう生きていいのかわからない。圧倒的に強力なハイテク軍事力が世界を支配していく、ということへの抵抗感も感じている。いろんな不安が、まわりじゅうにあふれているように見える。

ぼくは、これはとても正常な反応だと思います。

いまの不安の時代には、こころに不安を抱えているということが、むしろ正常な反応ではないでしょうか。

それは、なぜか。

ぼくらがいま生きている、この世界のありかた自体が、人間に不安を与えるような歪《ゆが》んだ構造になってきているからです。ぼくらの環境そのものがいま病んでいるからです。

たとえば、日常的に口にしている食べ物にしても、これを食べたら危険だ、と警告を発するような本がひろく読まれています。それは、牛海綿状脳症（ＢＳＥ）や、遺伝子組み換え作物や、残留農薬や、食品添加物などに不安を感じている人がいかに多いか、ということでしょう。

食べ物だけではありません。空気や水に対しても不安がある。水道の水はいっさい飲まない、必ずミネラルウォーターを飲むという人もいます。むかしは、水道の水を不安に思って飲んだことなどありませんでした。

それだけでなく、外出する際には玄関の鍵を三つかけないと不安だという。最近、マンションなどで、ピッキングと呼ばれる空き巣の被害が急増しているためです。道路を歩くときにも、背後に絶えず気をくばらなくてはならない。

このように、不安というものが、この社会のなかにいろいろな形で日常化してきています。そして人間のこころと体は、そういった不安を正直に反映するものなのです。つまり、敏感に反応する柔軟な神経と肉体であればあるほど、その人はたくさんの不安を抱え込んでしまうといっていいでしょう。

そういうときに、なんの反応もなく不安を感じることもなく、毎日のんびり過ごしていられる、という人のほうが、かえって不自然なのではないか。ひょっとしたら、そういう人は、つるつるしたプラスティックみたいな情緒と神経をもつ、病んでいる人なのかもしれません。

ぼくは、いまのこの時代に、不安を抱えていないということは、それこそ非常に不安なあぶない状態ではないか、と思うところがあります。

人間は環境とともに生きている。環境がバランスを失って不安定になっているときには、人間のこころと体も不安定になる。その不安定な状態が、不安につながっているわけです。極端にいえば、不安定な環境にいて不安でないということは、異常な状態であるとさえぼくには思えます。

ですから、いまは人間が不安になることは、まったく自然なことです。こころのやさしい人ほど、柔軟な人ほど、あるいは素直な人ほど、自然に不安を抱えている。その不安をどうしようもなく持て余している。そんな時代なのです。とすれば、不安であるということは、その人がまだ人間的である、ということでしょう。逆に、まったく不安を感じずに生きているということは、その人が非人間的な生きかたをしているということです。

振り返ってみると、ぼくにもずいぶんいろいろな心身のトラブルがありました。腰痛でも悩んできました。右手が腱鞘炎《けんしょうえん》で全然利かなくなったときもあった。力を入れて書くため、頭を右に傾けるのが原因で、頸椎《けいつい》がむち打ち症のような状態になったこともあります。不整脈があったり、心臓の鼓動《こどう》が急に早くなったり、しばらく下血がつづいたり、そうしたこともいろいろ起こりました。でも、それをとりあえず受け入れるというような気持ちでいたので、あまり不安はなかったのです。

目の前で、くも膜下出血で人が倒れる現場に立ちあったこともあります。昨今は、親しい仲間や友だちもずいぶん亡くなりました。

けれども、そういうことに対しても、いまのぼくはそれほど不安は感じていません。不安が訪れてきても、玄関のドアを閉めて不安を追い出そうとか、なんとかこの不安を除こうとかそういうふうには考えないようにしています。

歓迎はしませんが、来るものを拒《こば》むことはできない。むしろ、珍しいお客さんが来た、と受け入れるようにするしかないだろう、と考える。

それというのは、不安はなにかの便りを運んでくる大事なメッセージだからです。それは、あなたの心身はもう限界だよ、これ以上無理な仕事はしないほうがいいよ、というこころと体からの忠告かもしれません。

そういう忠告をはこんで訪れてくるのが〈不安の使者〉だとぼくは思っています。

ぼくは転がる石のように生きていきたいと思ってきました。そのためには、どこかが歪《ゆが》んでいたり、傾いていたほうがいいのです。不安には〈不安定〉という意味もあります。そう考えたとき、不安はものが転がっていくために必要な力である、といえるのではないでしょうか。

いままでぼくは不安を友として生きてきました。これからも、不安と仲良く付き合いながら生きていきたいと思っています。

いま、不安はこれまでになかったほどの社会的現象としてひろまっている。それは、逆の見かたをすれば、〈人間らしさ〉の最後の砦《とりで》が守られているということにほかならないと思います。不安を感じるのは、人間がまだ〈人間らしさ〉を失っていない、という希望に通じていることだ。ぼくはそんなふうに考えています。

ぼくたちはみな不安を抱えている。不安に苦しんでいる。そんななかでは、不安を抱えていることが人間らしいのだ、と頭を切り替えたほうがいい。自分が不安を感じ、ときにはパニックに陥《おちい》ったりするのも、自分が人間らしい柔らかいやさしいこころを持っているからだ、と考えかたを変えてみる。むしろ、不安を肯定的に受けとめて、不安とどう共生していくか、ということを考えてみたらどうでしょうか。

不安を感じるこころというのは、人間の自由を求めるこころであり、やさしさであり、愛の深さであり、感受性の豊かさです。その不安をどんなふうに希望に転化させていくか、ということを考えるべきなのです。

ですから、あえて言えば、不安は希望の土台です。不安を感じることが、人間が人間としてあるということの出発点なのです。

ぼくは不安を肯定し、〈不安の力〉というものを認めたいと思うのです。

〈不安の力〉などというと、逆説的に聞こえるでしょう。ふつう、不安は悪いもの、マイナス要因になるもの、除去すべきものだと考えられています。しかし、不安を感じるのがその人間にとっての人間らしさのあかしだ、とぼくには思われる。こういう時代には、人間的な希望は、不安を感じている人びとのなかにある、といってもいいかもしれません。

むしろ、不安をひとつのバネにして、その不安からどんな希望を見つけていくのか。それが大事なことではないでしょうか。二十一世紀の希望の第一歩、それは不安から始まるのではないか、とぼくは信じているのです。

この作品は二〇〇三年五月、集英社より刊行されました。

集英社文庫　目録（日本文学）

集英社文庫　目録（日本文学）

集英社文庫

不安《ふあん》の力《ちから》

2005年7月20日　第1刷

定価はカバーに表示してあります。

著　者　五《いつ》木《き》寛《ひろ》之《ゆき》

発行者　谷山尚義

発行所　株式会社　集英社

東京都千代田区一ツ橋2—5—10
〒101-8050

(3230) 6095 (編集)
電話　03 (3230) 6393 (販売)
(3230) 6080 (制作)

印　刷　大日本印刷株式会社

製　本　大日本印刷株式会社

ISBN4-08-747836-X C0195